糊涂

侦探案

朱秋镜 著 ※ 华斯比 整理

北京联合出版公司
Beijing United Publishing Co.,Ltd.

图书在版编目（CIP）数据

糊涂侦探案 / 朱秋镜著；华斯比整理. — 北京：北京联合出版公司，2022.8
ISBN 978-7-5596-6300-9

Ⅰ. ①糊… Ⅱ. ①朱… ②华… Ⅲ. ①短篇小说-小说集-中国-现代 Ⅳ. ① I246.7

中国版本图书馆 CIP 数据核字（2022）第 111688 号

糊涂侦探案

作　　者：朱秋镜
整　　理：华斯比
录　　入：袁法森　华斯比
出 品 人：赵红仕
策　　划：牧神文化
责任编辑：牛炜征
特约编辑：华斯比
美术编辑：周伟伟
书衣绘图：Million

北京联合出版公司出版
（北京市西城区德外大街83号楼9层　100088）
北京联合天畅文化传播公司发行
上海盛通时代印刷有限公司印刷　新华书店经销
字数114千字　889毫米×1194毫米　1/32　6.5印张
2022年8月第1版　2022年8月第1次印刷
ISBN 978-7-5596-6300-9
定价：68.00元

版权所有，侵权必究
未经许可，不得以任何方式复制或抄袭本书部分或全部内容
本书若有质量问题，请与本公司图书销售中心联系调换。
电话：010-65868687　010-64258472-800

整理说明

为最大程度保留晚清民国时期侦探小说的文体风貌,同时尊重作家本人的写作风格及行文习惯,"中国近现代侦探小说拾遗"丛书对所收录作品的句式以及字词用法基本保持原貌,所做处理仅限以下方面:

一、将原文竖排繁体字改为横排简体字;

二、将原文中断句所使用的圈点改为现代标点符号;

三、校正明显误排的文字,包括删衍字、补漏字、改错字等;

四、原作为分期连载作品的,人名、称谓等前后不统一处,已做调整,使之一致;

五、为符合现代汉语规范并顺应当下读者的阅读习惯,已对个别晚清民国时期用字用词进行了调整,现举例如下:

1. "那末"改为"那么";

2. 程度副词"很"和"狠"混用时,统一为"很";

3. "账房"和"帐房"混用时,统一为"账房";

4. "转湾""拐湾""湾曲"等词中的"湾"字,均统一改

为"弯";

  5. 用作疑问词的"那"统一改为"哪";

  6. 用在句末的助词"罢"统一改为"吧";

  7. 用作第三人称指代"女性"或"人以外的事物"的"他",统一改为"她"或"它"。

由于编者水平有限,其中难免有不足之处,祈请读者批评指正!

目 录
CONTENTS

著者的声明　　001

破题儿第一遭　　003

XYZ　　007

五个嫌疑党人　　013

公平而不公平之判决　　023

紫玉鼻烟壶……七点半……祖宗　　033

好奇心与悬赏之关系　　041

孝子的孙子的孙子　　051

三万六千三百五十四　　061

李公馆之扫帚问题　　073

门角落里　　085

大糊涂与小糊涂　　099

来者谁　　111

出乎题目之外　　129

不愿意的礼物　　　　　　　　　　139

　附：问疑于朱秋镜先生（国爱葵）　151

　　　答国爱葵君　　　　　　　　153

一波三折　　　　　　　　　　　　155

电灯熄了　　　　　　　　　　　　161

毕业试验　　　　　　　　　　　　181

附录

《糊涂侦探案》各篇初刊一览　　　196

编后记　　　　　　　　　　　　　199

著者的声明

我这一位朋友,说也好笑,顶了侦探大家的头衔,终日里东奔西跑,替人家忙着侦探案子。可是失败的,居十之七八;成功的,简直难得一二。人家见他可怜,教他自己除去了这个劳而无功的头衔吧。他兀是不肯,依旧忙个不休。

有一天,他巴巴地跑来看我。我见他神气颓丧,便笑问道:"白芒兄,你不是新近又失败了吗,为何这样不高兴呢?"

白芒叹口气答道:"不要说起。我当了侦探,也有六七年了,所侦探案子可是不少,为何总是失败多成功少呢?却也说不出个缘故来。从今以后,真要改行了。"

我听了,便又打趣他道:"你何不把你的失败史,一一说出来。我替你一一写出来,也可以叫人家晓得,其中并非都是老兄的侦探不力呢!"

他听了我的话,不觉大喜,连忙答道:"如此很好,我正要寻个人替我伸伸冤。我准依你慢慢地一件件说给你听，你给我记下来。将来你的著作传遍了，让人家说一声，'白芒侦探虽是失败，手段却是不差'，到那时我还要感激不尽呢！"

啊呀！不好了，一句话惹出是非来了，说不得只好替他一件一件记账也似的写下来。可是这种可怜可笑的侦探失败史，倘有不对的地方，都有大侦探白芒一人负责，尽可直接写信去责问他，与著者完全无涉，这是要预先声明的！（实在因为差池太多了，不得不郑重声明！）

破题儿第一遭

那是破题儿第一遭的探案了。

白芒年方十七,正在上海法界霞飞路①西方大学内当学生。有位同级学生,名唤林时铫的,平时与白芒不大对劲。

原来白芒有一种好胜的脾气,每次考试,他总想考得第一。可是那第一,总属于别人,这林时铫便是常得第一的一人,所以间接便成了白芒的一个仇敌。他心中不服,总想找一个破绽攻击他一下子,这样地伺候了好久,这两天果然被他找到一个机会来了。

那林时铫平时不大脱课,夜间便住在寄宿舍中,品行端方,从未出外住宿过。近来却不对了,每到礼拜六下午,总见他一人独自出外,晚上便也不回来住宿了。星期日全天不见面,直到星

---

① 霞飞路:今上海市淮海中路。

期一早上,才见他迟迟地回到校中。一连过了两星期,仍是如此。

白芒好奇之心勃发,心想其中定有缘故,想是有什么不名誉的事,必须慢慢用心去探访。倘能得知他的秘密,再把它宣布出来,也可泄泄我心中之气,于是决定主意,从事探访。

这一天便假装生病,不去上课,卧在寄宿舍中,等到同学都去上课了,便潜自起身,走到那林时铫的卧室中,慢慢搜检,果然被他搜出许多证据来。

第一在枕头底下搜出一张美貌女子的小照;又在大衣内搜出一只精巧的小象牙梳,明明是女子的东西;又在字纸篓内搜出一叠撕破的信笺,零零碎碎,上面的字迹,看去好像是妇人手笔。

白芒便把它一张张拾起,慎重包了,放在袋中。那小照、木梳仔细看了一遍,仍还原处。

回到自己卧室,把捡来的碎纸,铺在桌上,费了许多整理功夫,才把那些笺纸理齐。虽是破碎不全,却见那上边,零零落落地写着道:

时……爱鉴:

……大……界之游……乐哉……星期六下……当候在……和厅……茶……独……勿忘……

彩娥上言

白芒读了，不觉大喜，心想原来如此，那林时铫竟有这样的艳遇。又有小照，又有女子用的木梳，又有这封信，一定无疑了，那彩娥想必就是照片中的女子了。信上不是约在星期六下午，在大世界①共和厅吃茶么？且不要揭破他，待我想一个妙法，在同学面前出出他的丑，也显得我的侦探手段厉害。

白芒想罢，十分欢喜，便也不再装病，等散了课，便悄悄地约了几个同级学生，到自己的卧室内，关了房门，才微笑说道："你们晓得林时铫的秘史吗？他面上假装道学②，肚子里却是坏得不堪。不瞒你们说，我白芒的侦探手段，煞是厉害，现已侦得他相好的女子名叫彩娥的，写信给他，约他本星期六在大世界共和厅相会。你们不信，到那时可与我悄悄地同去，必可窥得一出情剧咧！"

同学们听了，都有些不信，只待等到那天同去，见了便知分晓。

到了星期六下午，这一般好事的少年，跟了白芒一同出发，浩浩荡荡直奔大世界。

一直走到共和厅前，白芒眼快，早见那林时铫果然同着一个

---

① 大世界：即"大世界游艺场"，旧上海著名游乐场。
② 假道学犹言伪君子。满口仁义道德，而实际行为相反的人。

少年女子,一同坐着吃茶,此外别无别人。

那女子容貌佚丽,装饰入时,正是照片中人。

白芒自觉料事如神,面上十分得意;那班同学也甚惊讶,免不得称颂白芒侦探的本领,果然不差。

那时林时铫忽然回头,看见了这般同学,他便立起身向他们走来,笑着打招呼。

白芒假装不知,问道:"这位女子,不知乃是何人?"

林时铫不慌不忙地答道:"就是贱内,一向在乡下,上月方搬到上海。你倒不妨见见。"

这句话不打紧,把白芒听得目瞪口呆,半晌说不出话来。

那班可恶的同学,兀是不谅人,拍手大笑道:"白芒白芒,你的侦探手段未免太高明了。"

白芒也不言语,回身就走,一溜烟逃得不知去向。

XYZ

"真正笑话,这种怪事,倒从来没有听见过。窃贼偷了东西不算,反而指明要叫某人来侦探。我看那白芒侦探,今番又要倒霉咧!"

这一篇话,从西方大学寄宿舍一间卧室中,传到窗外。那窗外恰有一个少年学生走过,突然听了这些话,正在不懂,忽又听见提到他自己的姓名来了,怎么不差异①呢,急忙赶进寄宿舍,要去问个明白。

原来白芒,昨天星期日夜间,在大舞台看戏迟了,不及返校,今天一早回来,还未走进自己卧室,便听了这些言语,所以赶紧要去调查,究是什么一回事。

---

① 差异:奇异、奇怪。

刚走到卧室门口，那里面坐着四五个同学，其中有一个看见白芒进来，忙指着笑道："好了好了，大侦探来了！"

白芒便正色问道："你们不要取笑。校中究竟有何事故发生？方才我窗外听得你们谈话，还提起我的名字，却是何故？"

众人都对他笑着，只是不说。还是先前说话的那人，名唤方野夫的对他说道："白芒，你的侦探名气实在太大了，所以惹起是非。昨天你不在校中，这事便在昨晚发生。第十三号卧室中，不是住着谭代华、石柳士两人吗？那谭代华昨晚也不住校中，只有石柳士一人住着，今天早晨便嚷着失窃，不见了一只金表。可是那金表的袋，依旧放在枕头边，这里面还有一张字条，上面明白写着，要叫你去侦探呢！"

白芒听了，呆了半晌，才笑道："也好也好，试试我的手段吧！"

此时那石柳士已经闻信，知道白芒来了，便急急赶来，气急忙忙地对他说道："白芒，你快去替我把金表拿回来便罢。倘不拿回，莫怪我要问你算账了。你看，这是什么东西？"说着，拿出一张字条来，只见上面写道：

尊表暂借一星期，幸勿介意。倘令白芒侦探来取，当即奉赵①也。

XYZ

白芒看了，不觉切齿道："我誓必取回此表。石柳士君，你也不要动气。此事交代我去办便了。"

这时又有校长着人来叫，白芒只得跟去，见了校长。

校长怒道："白芒，此事关系本校名誉，非同小可，你务必去查出失物。限你一星期内，必须办到。倘查不出来，唯你是问。"

白芒退出校长室，心想此事无缘无故，三面受敌，气得发昏，只得耐着气用心去侦查。

先到第十三号卧室中，查了一番，也不曾见有什么端倪，唯据石柳士自述：那金表是隔晚临睡时放在枕边的，天明起来，不曾去动，便到盥洗室去的。隔了约有十五分钟，回来后要想去拿，已是不见了。

白芒便断定失窃之事，便发生在这十五分钟之间，可是茫无头绪。到底到哪里去寻呢？一连数天，细心查访，毫无所得。他想如此下去，终无结果，必须先要缩小范围，才可着手，便专从

---

① 奉赵：以所借之物归还物主。

那一纸字条上研究。

原来那纸乃是校中的作文纸，本是人人有的。那墨色笔迹，也很是普通，查不出是什么人写的。唯有那署名的"XYZ"三字，并非姓名缩写。为何取此三个字呢，颇为奇怪。这XYZ到底是谁呢？后来仔细一想，这三个字母，用的地方很少，唯有那几何学中，表示三角形时，常用ABC或XYZ三字，莫非与三角形有什么关系吗？

他便假定此说，再研究校中有什么三角形的特别标记。细细一想，不觉恍然大悟。那校中西北角上，一所公用的厕所，不是三角形的吗？想是那窃贼故弄狡狯，弄到那龌龊地方去咧！

他不再疑惑，连忙寻到那里，去细心查察，果见三面墙角上，分别写着XYZ三字，墨水很新，笔迹也与字条上一般无一。

白芒得到这些头绪，十分高兴，便忍着臭气，细心寻觅。

约有三刻钟光景，忽见那Z墙角的地上，插着一支竹标，仔细一看，竟有XYZ三个字母。他便在这块地上，用一把小洋刀掘下去。约有二三寸光景，便发现了一只自来火①匣。拿了起来，觉得很轻，抽开一看，里面又是一张字条，上写着：

---

① 自来火：火柴、煤气灯等的俗称。

白芒大侦探大鉴：

　　足下能探索至此，大非易易，诚不愧为大侦探矣。惟仍是步步落我圈套，奈何奈何。鄙人不欲再恶作剧，致君为难，故特将该金表假手于君，奉还原主。足下可于尊居卧室内，床上所悬之大衣里面左手小插袋内觅之即得。

　　惟慎勿妄自居功，是为切嘱！

XYZ

　　白芒读罢，急忙赶回自己卧室，当真在大衣里面左手小插袋内，得到金表，暗暗说声惭愧。不料那黑幕中的XYZ，竟如此厉害。所幸失物已得，面上不致坍台，当下便拿了那只金表，走到石柳士卧室中，把表交给他，自夸道："承蒙委托，幸不误事，虽是费了许多功夫，依旧被我把金表找回来了。"

　　石柳士听了，仰天大笑，慢慢地从怀中取出一信，交给白芒道："今天早晨，接到此信，里面所说的事情，你自己去看吧。"

　　白芒展开，读了一遍，羞惭满面，回身便走。

　　你道那上面写些什么？原来只是寥寥数言道：

　　所取金表，限期已届，今着白芒君送还，即乞台收是荷。

XYZ

五个嫌疑党人

那一年中秋节边,春申江上。秋阳骄炙,溽暑犹蒸。

白芒便在这年暑假时,从西方大学毕业出来,一时无从谋事,赋闲在家,觉得闷沉得很,一个人独坐在杜美路①五十号住宅内书室中,随手翻看新闻纸消遣。无奈那报上所载的,都是些无聊的消息,更兼官场中大捕党人,捉到便要枪毙,读之更令人怄气。

这时忽然有个朋友来看他,由仆人引进,却是一个西装少年,戴着一副托立克②眼镜,手中提着一只皮书夹。

白芒见他进来,忙立起身来握手欢迎道:"盛尚书兄,好久不会了。听说你现在不是当着律师职务吗?倒有空来看我,请坐请坐!"

---

① 杜美路:今上海市东湖路。
② 托立克:英语 Toric 的音译,指托力克片,即无色玻璃镜片,俗称白托片、白片。

盛尚书随手坐下，皱眉道："实在穷忙得很，好久不曾来看你。今天也为了一件事，要请你帮忙，才来看你的。"

白芒笑道："不知有何事见委，兄弟理当尽力。"

这时那仆人倒了茶进来。盛尚书一边喝茶，一边说道："不要客气了。我来说给你听。只因近来官场中乱捕党人，其中便有不少冤屈的事情发生。新近便有五件案子，都是糊里糊涂的，被他们抓了去，说有乱党嫌疑。他们的亲友，急得了不得，一来请求我去替他们辩护，伸雪冤情。可是这种事最不好办，因为空口的辩论法理，全无效力，只可设法找到一件两件的实在凭据，才可翻案，救出这些人来。无奈搜查实据这种事情，兄弟没有本领，非你们有侦探学识的人去办不可，所以我想来请你帮我的忙，一家家去搜查些确实证据来。我们合作办事，你道如何？"

白芒伸了伸腰道："很好。我近来觉得闷得慌了，找些事情做做，也可以运动运动。请你把这五个嫌疑党人的住址、办事所，一一告诉我，准去侦查便了。"

盛尚书大喜，忙从身边摸出一张名单来。

白芒接了，只见上面写道：

周马仁　马立师马德里二千二百九十一号《救世报》主笔

曾友阶　广西路第七百号门牌前税务员

邬　　里　老北门有利旅馆八号广东人

胡图世　大东门横街东区小学校校长

柏　　盖　高昌庙求名工厂职员

白芒看了一遍，皱眉道："不好！这些地方，相隔太远了，恐非几天工夫不能办得了呢。"

盛尚书道："不妨。今天礼拜四，听说要到下礼拜一才能审问，有三四天工夫，谅来总来得及了。这里是几张我的名片，你去时，只要拿我的片子去，说是我介绍的，他们便会招待。我去了。"

白芒接了名片，口中答应，送出门外，当天便依着那单上所开列的地点，先到马立师马德里二千二百九十一号。见是一幢石库门的房子，门外钉着一方黑地白字的铅皮招牌，上写着"中华救世报馆"。

白芒一看不差，便敲门问讯。里面答应，开门出来，却是一个西装少年，见了白芒，面上似乎有些疑惑。

白芒问道："这里是《中华救世报》馆吗？我名白芒，乃是由盛尚书先生介绍，来调查周马仁君的案子的。"说时，便把预备着的名片交给他。

那人听了，忙让进里面。走进那办事室中，却见室内纵横放着两只写字台、几只外国圆椅,别无陈饰。

白芒随手坐下。那人便自己报名道:"在下名唤施蒂霞,便是《救世报》的办事员。盛律师那里,也是我去请托他的。"

白芒问道:"你能把周君平日的小史,和被捕的详情,说给我听吗?"

施蒂霞便简略地说道:"周君向来专好骂人,平日官场中人,都很忌他。只因他著书立说,都有不利于人的地方,其实也不过一种学理研究,纸上出出风头而已。前天他到南市东区小学校去,访他的好友胡图世,他们便一同被捕了。据说他的罪名,是为的著了一部《革命救国论》,所以认他是党人了。"

白芒一听说到胡图世,便留心再问道:"那么,你可晓得胡君的罪案如何?"

施蒂霞摇头道:"此人被捕,更是岂有此理。他简直没有什么罪名。他的罪名,不过认为党人的好朋友,便也算是党人了。"

白芒一想,还好,这样说来,只要周马仁没罪,那胡图世也便没罪,所以东区学校,也就不用去了,当下便问施蒂霞要求,要搜查周马仁的书桌。

施蒂霞答应了,白芒便细细搜检起来。却见那书桌上,都是些断简残编,几册书本,乱七八糟地堆着,其中便有一本《革命救国论》。

白芒抽出略看了看，又细搜那几只抽斗①，费了不少工夫，末后在一只锁着的抽斗中，查出一本俄文书来。

白芒识得俄文，读了几句，觉得竟与《革命救国论》的意思仿佛一样，连忙取来一对照，才明白那《革命救国论》，竟是翻译的。只因周马仁一味自己出风头，只算是自己著作。现在既有此书，便只须证明他是翻译原书，那罪名便不至于死了。

白芒得了头绪，便揣了二本书，告辞回家。

第二天，又到广西路去，找到七百号门牌，见了那曾友阶的兄弟曾友区，问了几句，才晓得是侦探长杜海陆挟嫌诬报。

原来那杜海陆在三年前，还是一个小侦探呢。那时这曾友阶正在做税务员，杜海陆不知怎样，姘上了曾友阶的妻子，有一天被曾友阶撞见，拖来打个半死，还写了一张伏辩②字据。隔了三年，人事变迁，杜海陆任了侦探长，积怨在心，耿耿不忘，便诬报曾友阶做党人，还把那张伏辩字据，迫着拿出来，立时毁灭。

白芒听了连道："可惜可惜。这张字据，倘未毁去，倒是一种有力的证据。我想在此地查查，或者有别的痕迹，可以得到。曾

---

① 抽斗：即抽屉。
② 伏辩：悔过书。

君,你可知道那伏辩字据,平时放在何处的?"

曾友区指着一只红漆小皮箱道:"便在此箱中。"

白芒走上去,细细翻查,不料在那箱子夹层中,竟又搜出一张伏辩据来。

曾友区大为惊异。

白芒笑道:"我明白这是曾友阶的深心远虑。他平日做了张假字据。那日取出给他们的,乃是假的。这纸才是真的呢!"

曾友区想了想不差,大为佩服,重托白芒出力。

白芒带了那字据,告辞出来。

这天下午,白芒又到老北门有利旅馆第八号房间,问了问,果有那邬里的仆人在内。

白芒说明来意,那仆人便叩求他帮助,救出主人。又说抓去之时,曾在只皮包内,搜出一张民党委任状,不知怎样来的。

白芒想了想,问道:"出事前几天内,可有何人来过?"

仆人想了想道:"有的,乃是主人的一个朋友,却是真的革命党。"

白芒注意问道:"此人品行如何?你须详细说来。"

仆人道:"此人名贾同滋,年约三十多,口中常衔着雪茄烟。他的品行,不甚可靠。"

白芒听了不语，心中已有八分明白，及至打开皮包看时，果然内有雪茄烟灰遗留着，并有一粒蓝宝石的纽子。那纽子仆人认得，正是贾同滋马褂上的。

白芒便把皮包照旧掩好，又将纽子包了，放在身边，却教仆人不可去翻动那皮包。

这一遭侦查，又告成功了。

星期六一早，再赶到高昌庙去，找到了求名工厂。

见了总理，问了个详细，知道柏盖乃是徐州人，警察来抓他的时候，说他在八月十三日徐州兵变时，竭力煽惑军心。总理不信，查查簿子，果然这天他恰好告假三天，不在厂中。

白芒想了想，摇头道："请你查查，可有别人也同时告三天假的？"

那总理费了一番手续，才查出单生平、魏湖、钱索三个人来。

白芒请总理叫来一一问过：那单生平常常生病，告的病假；魏湖却因浦东乡下吃喜酒，告假回去。

唯有钱索进来时，白芒见他头上梳得甚光，口中镶着金牙齿，有些浮滑样子，便问他道："你上星期不是告假三天吗？"

钱索道："是的。"

白芒又问他是否与柏盖同行的。

钱索摇头不答。

白芒道："你可知柏盖为了此事，有性命的关系吗？"

钱索大惊，忙问何故。

白芒详细告诉了他，又说："倘你知道他的去处，说了出来，他便不会冤屈死了。"

钱索愕了半晌，才实说道："既如此，我不得不说了。原来上星期我们两人因为赌胜了几十块钱，想去玩玩，所以约同告了假，到小东门去嫖了三天。这几天我天天同他在一起玩，决不能分身到徐州去的。他近来被官中抓去了，我也不知为了什么缘故。嫖与赌与声名有关，所以你在先问我，也不敢说出来。现在既和柏盖生死有关，便不得不说了。"

白芒大喜道："如此你也愿去做见证了，朋友理当如此。我现在要去了，有事时再来叫你便了。"

白芒走出求名工厂，天已向晚，觉得很是疲乏，便一直回家去睡了。

明天一早，便赶到圆明园路盛尚书那里，把一桩桩经过的事实告诉他，又把那周马仁的二本书、杜海陆的一张伏辩字据、贾同滋的一粒纽子等等，交给他看。

盛尚书也是十分欢喜，拍拍他的肩头道："你的侦探手段，实可佩服。明天有了这种确实证据，无论如何，可以救出这些人了。"

正说时，那电话机上，突然铃声大震。

盛尚书拿来听时，原来是他的一位朋友打来的——那被捕的五个嫌疑党人，已在今天早上枪毙咧！

盛尚书一听大惊，忙问这消息可靠否。

答道："确实可靠。"

盛尚书把听筒一掼，忙告诉白芒。

白芒也是大惊失色，二人倒在椅子上，再也动弹不得，胸间一股气愤，在肠胃中盘旋了好久，直从喉咙里迸出一声长叹来。

那白芒的一番辛苦，分明又是没用了。

公平而不公平之判决

堂上的判决书一下来,白芒侦探听了,简直是糊里糊涂而莫名其妙了。

在这一件女伶被害案内,白芒侦探其实已得了的的确确唯一可靠的断定。自从出事以来,他费了无数的脑力、无数的检察,才得到这样的结果。但是今天的事情,却和他预定的完全相反,实非意料所及。这真可怪了!

上星期二下午三时,他到大西饭店去访他的朋友顾伯周。这时恰巧大西饭店七十三号房间里,发现了一件谋杀的惨案,顿时到处议论纷纭,当作一件异常的新闻谈论。

大西饭店的经理顾伯周,自出了这件事,心中大为惊慌,为的是与营业前途,大有关碍。当时见白芒到来,忽念及他有的是侦探学识,无妨请他去研究研究,能侦出真情实事来,也就好了,便向白芒说明缘故。

白芒自然高兴,便即打听被害的情形。

原来死的乃是一个女伶,名唤琼花,容颜甚是美丽。昨天晚上,同了一个少年,就是上海滩上赫赫有名棉花大王魏尔士的儿子魏仁吉魏少爷,二人同来,开了个房间。

今天一早七点钟光景,便见魏少爷一人出来,头上戴着一只貂帽,身上披着一件獭皮领头的皮大衣,走了出来。他关照茶房①说,那女客在房中,尚是睡着,不要去惊动她。

到了九点多钟,有一个茶房,忽见七十三号房间里走出一个陌生人来,衣衫甚是褴褛,形色慌张。那茶房当他是小贼,忙喝住了,跑上去要抓住他。

可怪那人急急摇手颤声叫道:"快不要抓我!我的确是来偷东西,但是东西倒没偷成,却见了一件可怕的事情。你们快去看呀!一个女子被人家杀死了!"

那茶房吃了一惊,忙叫别个茶房把他拖住,一同进房去看,果然那可怜的琼花,身子倒在地上,绝代姿华,顿成幻梦,早已到酆都城唱《滑油山》②去了,一把五寸多长的小刀,掼在地上,

---

① 茶房:旧时在茶馆、旅馆、车船、剧场等场所供应茶水及做杂务的工人。
② 《滑油山》:传统戏曲剧目《目莲救母》中的一折,讲述目莲僧之母刘氏在冥府滑油山受罪的故事。

胸前一大滩鲜血，流了好一些在地上。

顿时报告捕房，派包探①来调查，都说那窃贼李阿有情节可疑，便把他带到捕房去了，后天星期一，大约就要解公堂审问哩！

白芒听了个详细，便问顾伯周："难道那同来的魏仁吉，便一些嫌疑也没有么？他一早出去，到的哪里呢？"

顾伯周道："他后来听见了消息，也来过了，据说一早出去，是到武昌路他朋友金万能家里去的。金万能也是上海的有名人物呢。"

白芒听了不语，他要求独自到七十三号房间里去察看。

顾伯周自然答应。

白芒踏进房去，只见地上血迹早已扫去，房间里也收拾得干干净净，似乎那茶房晓得白芒要来检查，故弄狡狯，不留一些痕迹似的。

但是俗语说得好：皇天不负有心人。他到底得了些极微细的线索。原来在痰盂内，找到一个小瓶塞头；又在台上自来火架的盛灰盘内，找到一片纸灰，像杏仁大小，留着一些些尚未烧去，

---

① 包探：旧时巡捕房中的侦缉人员。

好像是一帧小鸡心框内用的小照；又在枕头下的被褥底下，看出一个印子，约有五寸多长，分明是像一把刀，曾压在这底下的。

白芒把搜到的东西，放在一只自来火匣子中，走出来问顾伯周道："那琼花身上不是带着一个金鸡心吗？"

顾伯周道："倒没有看见。"

白芒道："我想一定有的，或者在里边也未可知。请问你可晓得琼花的历史吗？"

顾伯周道："不大仔细。但是有一件事却晓得的，那琼花虽未嫁过人家，但在今年春间，曾被伊的父亲查出，与一个男伶叫蓝荷影的相好了。此事发见①后，还闹了很久很久的口舌呢。近来却又有嫁给魏少爷做妾的传说。"

白芒道："如此甚好。我对于此案，已有一些儿意见，大约再得着一些确实证据，便可断定是非了。"说罢，告辞出来，先将方才所搜到的小瓶塞，送到上海化验所去研究，随后又到武昌路来，问明了金万能的住宅。

恰巧对面有一所茶馆，名叫"明月楼"的，白芒想探刺一些消息，便走进里面，直走到楼上，却见有一间精致雅室，便走了

---

① 发见：发生。

进去。

泡了一碗茶喝着，却见那茶博士①乃是一个十五六岁的童子，很是伶俐，便问他道："茶钱几何？"

那童子答道："一角小洋。"

白芒随手摸出一个双角子②给了他，叫他不用找了。

那童子顿时喜形于色，谢了谢，收入袋内。

白芒又慢慢问他道："你们这里生意倒好，一天到晚如此吗？"

那童子道："下半天有些生意，早上却很清闲。"

白芒便接着对他说道："我要问你一件事。今天早上七点多钟，你可看见有一个人，头上戴着一只貂帽，身上穿着獭皮领头的皮大衣，面颊很瘦，年纪很轻的，在对过金府门前走过吗？"

那童子笑道："不瞒你说，我们此地清晨时，门前走过的人，不知要多少，哪里记得许多？今天可巧来了一个人，正如你所说的一般，来了之后，便走进这里来喝茶，也坐在这间雅室里面。那人我还认得呢，乃是有名的魏家少爷，不知为何有空到此地来吃茶，还坐了约有二个多钟头。看他好似有什么心事一般，直等到对面金家门开了，才离身进去的。"

---

① 茶博士：古时对精通茶艺者的称呼，后泛称茶馆的主人或伙计。
② 角子：旧时通用的币值一角、两角的小银币。双角子即两角。

白芒听了大喜，也不再耽搁，便走了出来。

明天又得到上海化验所来信，说所验的瓶塞头，查得上面有极微细的一些哥罗方①留着，看来是哥罗方迷药瓶上所用的。

那天验尸时，白芒又去察看，见那琼花的尸身，衬衣里面，果然有一颗金的小鸡心。

那医生又说，受刀时似乎尚是梦中。但是为何身子却在地下呢？

星期一公堂开审，观审的来得不少，这是因为琼花身为女伶，名气很大，所以容易轰动社会了。白芒当然也去观审。

开审时，先询问魏少爷，由律师辩护，说道出事时，不在房中，只因与老友金万能约在七点半钟晤面，所以一早就前去的。又因与死者已有成议，要娶伊回去做妾，所以见伊被杀身死，非常痛惜。

又经金万能证明，是日魏仁吉实是七点半钟到来晤面的。当时又问了医生、侦探、茶房等等，费了许多时候。等到要审那李

---

① 哥罗方：英语 chloroform 的译音，亦作"哥罗仿""哥罗芳"，即氯仿（三氯甲烷），旧时医用麻醉剂。

阿有，时候已来不及，便下堂谕，改在星期四续审。

白芒听审出来，十分纳闷，对于金万能的证明，更是怀疑，那医生也不说明是梦中被杀了，心想时机迫切，必须要将自己所晓得的，供献于大众了。

于是他回家后，便着手编述一篇英文的报告书，把自己侦探所得的实据，和揣忆所得的理想，加以证明，详细写出来。

他说那女伶琼花，的的确确是魏仁吉杀死的。查近来魏仁吉虽有心要讨伊做妾，但忽查出伊正与别人十分要好，于是怨恨非常，着意要杀死伊。

这天晚上，他预备了哥罗方迷药及利刃，约伊来晤会，当晚乘琼花睡了，从伊身上取到那情敌的小照，更加愤怒，便用火烧了。

后来将近天明时，他便先用哥罗方，把伊迷住，然后从枕头底下，把预备了的小刀，把伊刺死，所以全无声息。又把伊拖下床来，独自出外，一时无处可走，绕到金家去看金万能的。无奈时候太早，金家门尚未开，便在对面明月楼喝茶，约莫过了二个多钟头，才到对过去的。

那倒霉的小贼进去时，突然发现了此事，惊惶出来，又被茶房撞见，就此以嫌疑被捕了。

凡此种种，均有真凭实据，可以对照的。

白芒费了足一天工夫，把它缮正，便亲自拿了，直接送到那巡捕房中，见了侦探长哇来西，当面交给了他，心中很是快乐。

过了一天，已是星期四，开审之期又到了。不料堂上叫那小贼李阿有来问时，那李阿有竟承认是误杀的，说道：

当他进去的时候，那琼花尚在床上睡着，后来忽然醒了。他连忙躲在床背后，又被伊看见了，忽见伊从身边拿出一把小刀，对他扬着。他想无路可走，便突然冲了出去，撞在伊的身上。伊急忙退后时，不料手中的刀，失手落下，恰中前胸，顿时身故。实非有意，乃是误杀云云。

堂上问了原被告，均无异言，于是就判决了李阿有误杀之罪，监禁五年。魏仁吉应贴补琼花丧费一千元。

一桩天大的案子，就此了结。

啊呀呀！白芒的报告书，竟全没生一些儿效力吗？

这事从何说起呢？

白芒气呼呼一直赶到顾伯周那里，便把这件事说给伯周听了。

伯周摇手道："快不要说了！我比你明白得多。你是侦探大家，各种事都侦探着了，难道这件事倒没探明吗？昨天一天，魏仁吉为了此案，银子要用掉二三万呢！哪一个不买通？哪一个不收服？只怪你这笨侦探，自己不会赚钱，不曾去叨扰他罢了……

白芒,你也不要气了。你不是说今天堂上的判决不公平吗?你不知那外面社会上的公论,都说这件案子判得真公平呢!"

紫玉鼻烟壶……七点半……祖宗

在下记白芒侦探的探案,每每觉得不大高兴,因为他的手段,太不高妙,事事失败,几乎也败坏了我做侦探小说的名气。

但是白芒自己却从来不肯认为失败,总说是"天亡我,非战之罪也"。唯有"紫玉鼻烟壶"一案,他才自认为大失败,一些儿无推诿的余地。

这紫玉鼻烟壶本是清宫大内的宝玩,大约是被太监偷了出来,流传人间,绕了无数的圈子,不知如何,到了白芒一个朋友杨守坡的手里。

这杨守坡本来是收藏古董的名家,家里的宋磁明画、破铜烂铁,着实搜罗得不少。自从得了此壶,更觉欢喜不尽。他说他一生的收藏,以此为最精了,但是外边晓得的人甚少,杨守坡也不欲人知。

因为这时清官正发现大窃案,失去了许多的东西,这紫玉鼻烟壶，赫然也在失单中。杨守坡见了，自然更吓得不敢显露出来了。

那杨守坡家住在大世界对过，三上三下的房子。他家中除了他夫妇二人之外，还有一个七十多岁的老母，二个女仆徐妈、吴妈，一个婢女翠梅，一共六人。

这一天，恰巧杨守坡妻子黄氏家里的小外甥十官来了。杨守坡十分欢喜，恰巧他手里拿着这紫玉鼻烟壶把玩着，便顺手放在床角里枕头边，逗着十官玩笑。

那十官虽只六岁年纪，却是乖巧非常。玩了半天，将近天晚，杨守坡出去应酬，在一家喜事人家吃喜酒，正吃到中间，忽忆及那鼻烟壶尚未放好，急忙托故起身，赶回家中一看，哪知早已不翼而飞了。

这一惊非同小可，连忙四面找寻，哪有踪迹？

杨守坡面上一时气急神伤的神气，再也描摩不出来，又以此事不便报告捕房，搔头摸耳，无计可施。忽想起白芒，素善于侦探，不如请他来查查吧，便急忙打电话去请他。

白芒听了，急急赶来，见了杨守坡，询问事故，杨守坡详细告诉了他。

白芒皱眉道："这事恐是家中人做的，你们查查可有人在这几小时内出去过吗？"

杨守坡仔细一问，除了那吴妈出去泡过一回开水外，只有那徐妈，因送十官回去，尚未回来。

白芒又问："这房间里可曾断过人吗？"

那杨夫人答道："守坡出去之后，就开夜饭的，吃夜饭时，房里一个人也没有的。"

忽然那老太太插言道："我曾叫翠梅到房中去拿过几块冰糖。"

问问翠梅，亦自承认，众人便疑心翠梅拿的，苦苦诘问。

那翠梅竭力辩白，几乎要哭出来了。

杨守坡问白芒："如何？"

白芒答道："不用问我。想这几个人中间，总有一个人拿的。现在不必指东指西，待我查得了证据再说。"说着，便走进房去，慢慢地想细检一番。

但因杨守坡回来后，已翻弄得落花流水，早已替那窃贼把痕迹都掩饰得干干净净，白芒一看，无从着手，便也不再白费工夫问明了。

那鼻烟壶的容积甚小，只有一寸长、半寸阔，像个小花瓶式子的。

又问杨守坡出去在何时，房中空闲又在何时，徐妈送十官回去又在何时。

杨夫人答道："守坡出去，约近七点钟左右；我们晚餐约在七点半钟；八点不到，守坡已回来了；徐妈出去，约在七点半之前。我们本是送着十官出来，所以一同出房门，但是……啊呀！又记起一件事来了。那徐妈在出门前，为了要拿十官的衣包，又曾进房去过的，不要是她拿去的吗？"说时，对白芒看着。

白芒依旧微笑道："或者是的，但是那翠梅进去又在何时呢？"

老夫人道："我叫她进去时，正在七点半钟，众人正吃夜饭。"

翠梅苦着脸说道："是的。我踏进房门，那房里的自鸣钟正敲七点半钟。"

白芒问道："你可曾看见徐妈在房中吗？"

翠梅道："不见。"

白芒低头想了一回，便道："此物依我看来，便是被人家偷了，一时也出不出当的，卖又卖不掉，当又当不去。我看慢慢设法，必能拿回的，暂且不要声张。等徐妈回来，看她如何颜色。"

众人都唯唯听命。

正在这当儿，忽听得下面敲门的声音，那翠梅连忙跑下去开门。

众人正待跟去，白芒摇手止住，便一人蹑足跟了下去，跑过客堂，掩身在书房门的后面藏着，听见翠梅开门的声音。

接着那徐妈进来，门也关了，二人窃窃私语，一路进来，可恨那语声低得像蚊子叫一般，完全听不出来。

不过那徐妈似乎听了十分疑讶，有一言两语流露出来，断断续续地说道："紫玉鼻烟……七点半……祖宗……"其余的一句也听不出来，二人已走到厨房里去了。

白芒听了不懂，只得又上楼去，也不说什么。

这一晚白芒便住在杨守坡家里，明天起来，又走到那房子，四面到处留心地一间间察看，由杨守坡领着，指点告诉他。

走到厕房后面的一间，四面没有窗子，昏黑不见天光，日中也要用电灯的。门户倒有两扇，一门通到厢房，一门通到扶梯间。

白芒特别注意，问杨守坡道："这间是做什么的？"

杨守坡答道："本来这里是一间浴室，新近为了供养大仙（即狐仙），便不作什么用处，只有那搁置不用的器具东西，便放在此地。又因家人们称大仙为'老祖宗'，所以这间房间，大家叫它'祖宗间'的。"

白芒听了"祖宗间"三字，不觉一愕，心想那翠梅与徐妈二人的谈话，提着"祖宗"二字，我心中正在疑惑，现在看来，她俩不是说东西放在祖宗间里吗？当时却不说明，便也不再搜寻。

吃过了午饭，白芒与杨守坡一同坐在书房里。

白芒对杨守坡微笑说道："守坡兄，此事我已渐渐明白了。所失的物件，尚在家中，未曾带出，而且放在何处，也约略有些知道了。"

杨守坡忙问："是何人所偷？现在何处？"

白芒道："暂时且不必说出，总是家中人拿的，等拿到了真凭实据，再行宣布，偷东西的便无从抵赖了。你先去叫你家中诸人，到'祖宗间'去等候着，待我去设法取出失物。"

杨守坡急又问道："难道此物现在'祖宗间'内么？"

白芒道："不要管它，你只照我的话去办就是了。"

杨守坡无法，只得照他的话急急召集诸人等在那里，顿时挤满了一室。

白芒便着手搜查，随时偷看徐妈与翠梅的面色，无奈搜了半天，竟没一些痕迹。

最后搜到一处，却是那桌上红木神龛的上面，有一只小篮。

待去开看，顿时那翠梅的颜色变了，连忙抢上去道："这是我的东西，里面没有鼻烟壶。不必开看。"

白芒见她形色慌张，更加疑心，定要开看。

那杨守坡上前喝住翠梅，翠梅只得悻悻地退了下来。

白芒把篮盖开了，看时都是些破布零件，还有二块外国可可糖、五六个糖炒栗子、香烟牌子等等，看来都是那翠梅的家当了，也没有鼻烟壶的影子。

室中诸人,都在做眉挤眼,暗暗匿笑。

白芒气得满面通红,勃然大怒,把那篮子一掼,掼得不知去向。

杨守坡忍住笑,问他到底如何了。

白芒着急说不出话来。

幸亏这时大门口有人敲门甚急,杨守坡不知有何要事,急忙赶出去看,才解了白芒的围。

隔了一回,只见杨守坡笑眯眯地进来,手里拿着一件东西,正是那四处寻觅不着的紫玉鼻烟壶,说道:"不用乱找了,东西在这里呢!"

白芒忙问:"从何而来的?"

杨守坡笑道:"不料我们闹了半天,竟是无事自扰。这紫玉鼻烟壶,原来是十官昨天来时,见了好玩,拿了去的,幸亏没有失掉,被他的母亲看见,知是宝玩,急忙夺下,现在着人送来了。白芒兄,你的理想究竟怎样得来的呢?"

白芒也不答话,急问那徐妈、翠梅:"昨天晚上回来时,你们说的什么?"

徐妈想了半天,才记忆,不觉笑道:"白先生,你真是冬瓜缠到茄门里去了①。昨天我向翠梅说:'什么紫玉鼻烟壶,有什么人偷呢?七点半钟时,我已出去了,我便是偷也要偷别的值钱东西。偷这种东西,祖宗三代都倒霉咧!'白先生,你不是听了'祖宗'二字,起了疑心弄错了事吗?哈哈!这才倒霉呢!"

---

① 冬瓜缠到茄门里:这件事扯到那件事上面去,比喻事情完全搞错了。"门"又作"蔓"。

好奇心与悬赏之关系

从来侦探案子，总是一件一件从头到底自成线索，有原由便也有结果，也有穷年累月悬案不决的。那时这案子，便只有上半节，而无从结束了。

唯有白芒侦探，所办"蒙古路暗杀"一案，却与众不同，只有下半节，而无上半节的。

这是什么缘故呢？说出来时，也并没什么奇怪，只因白芒经办此案，乃是见了报上的悬赏告白，触动了他的好奇心，才自愿去承办的。

那上半节，却是归别人承办去了，既不在白芒探案范围之内，所以本篇所记，也只余那半节的事了。

这一天，白芒在书室中阅看新闻纸，却见有一条告白，上写道：

捉拿悬赏五百元！

计开①：宁波人陶得奎，年约三十余岁，向在材料交易所办事，身长五尺二寸，紫檀色长方面孔，左眼微吊，右眼上有黑痣一粒，左手中指、食指，受过刀伤，操宁波口音，于本月初七日，在蒙古路公德里弄内，杀死本宅主人秦拾义后，在逃未获。

如有人能将陶得奎本人捉住送到者，谢洋五百元；通风报信，因而拿获者，谢洋二百元。

贮款以待，决不食言！

西华德路五百号秦公馆　启

白芒看了这段告白，心中一动，暗想近来觉得太空闲了，不如跑去问问情形，如能将陶得奎捉来，便没有五百元的赏金，也是一件可喜的事啊。当下便换了一身西装衣服，拿了一根司的克②出门，先坐黄包车，又转乘电车，直向西华德路而来。

到了秦公馆，见过那一位西席③费业新先生。费先生一问是

---

① 计开：逐项开列。清单行头习惯用此二字提冒。
② 司的克：英语 stick 的音译，即手杖。
③ 西席：西宾（古时主位在东，宾位在西），旧时家塾教师或幕友的代称。

来打听这件事的,心中暗想这人倒在那里转五百元奖金的念头呢,便也懒于回答,只淡淡地说了几句,只道那陶得奎本来住在公德里六十七号内,现在逃得不知去向。房内器具,均已拍卖了抵作房金,其余也没说出什么来。

白芒怏怏,心想要做大侦探必得自己去寻线索,何必要靠人家呢,便重振精神,一直到材料交易所去。一打听陶得奎向来在交际科办事的,那被杀的秦拾义,却是在会计科办事,也不知为了何事,演成这流血的惨剧……

且慢,大凡侦探小说,总须原委清楚,因果明白,岂能如此随随便便的吗?唯有白芒对于此事,却只有捉拿凶手。这一幕,那上半节,他自己既没有探明,著作也就糊糊涂涂写下去了……

当下白芒费了一张五元钞票的贿赂,从交际科茶房阿简那里探出陶得奎的乡下住址来,是在宁波西乡,鄞港桥相近。

白芒大喜,立刻回去整备行装,问明了船期,便坐了礼拜二的江天轮船,直向宁波进发。

不料白芒为人,虽则精明强干,但是从来不曾坐过海船,这一晚在船上,便大受其苦。海上的风浪,虽则风不甚大,浪却是有的。

白芒呕吐狼藉,受累不堪,挨到天明,一分钟也没睡着。

幸亏早上五点钟模样,到了码头,白芒赶紧设法,迁往一家客栈住了,实因吃力得厉害,只得休息一天。

其实在这时候休息,他是最不赞成的,但也无法可想。

第二天,人已复原,便一早起来,费了无数的周折,问了几处询,才寻到西乡鄞港桥地方。问明了陶得奎的家里,不觉无限快活,晓得这一遭,那五百元是稳稳到手的了。

走上去敲门,高声叫道:"得奎兄在家吗?上海有信带来呢!"

只听得门内有人答应,一路咕噜着道:"怎么这两天上海的信如此之多啊?"

开门出来,白芒一看,与他预料的大不相同,原来乃是一个白发老婆婆,看上去倒有六十左右年纪,不待白芒开言,先就问道:"不是上海又有信来叫他出去吗?昨天也有信来过的,他早已动身去咧!"

白芒吃了一惊,忙道:"我并不是来叫他出去的啊!难道他现已不在家里吗?"

那老婆婆怒道:"要不是你们一封封信来催他,他又怎么会出去呢?你不要来骗我了,信还在这里呢!我来给你看。"说着,便把信拿出来。

白芒接来一看,暗暗骂声"该死"。原来那写信的,竟便是自己出钱运动材料交易所交际科内的仆人阿简呢,心里懊悔昨天不该休息，耽误了大事，便也不作一声，赶紧回到旅馆里，一打听知道自己来的江天轮船，早已于今天三点半钟开回上海咧！

白芒叹了口气，知道陶得奎已经动身，便也收拾行李，于次日另乘别船，赶回上海。

他想那陶得奎到了上海，必与阿简会面，于是改变方法，专从注意阿简着手。

果然在第二天晚上，便见阿简于公事完毕后，急急叫了部黄包车，赶到五马路南方旅馆去了。

白芒便也跟去，只见他一直走进第八号房间，出来一看水牌①上写的"戴奎元，宁波人"，心中便是一动，立即跑到账房里去打听道："那第八号房间里的戴先生不是礼拜五来的吗？"

答道："是的。"

又问："不是年纪约莫三十多岁中短身材的人吗？"

又道："是的。"

又问："不是戴着一副圆边墨晶大眼镜吗？不是只有一只左手戴着手套，右手上却没有手套的吗？"

---

① 水牌：涂上白色或黑色油漆的木牌，用来登记账目或记事，可随时用水擦抹重写，旧时商店常使用。

那账房间里，觉得此人问得太麻烦了，恨恨道："先生，你既然完全晓得了，大约人也见过咧，又何必多问呢？"

这句话，真冤枉了！其实白芒又何曾见过这人呢？

当时白芒听了，心中暗暗欢喜，觉得自己所料不错，想来这陶得奎为了要掩饰面部上最容易认识的黑痣与吊眼，便不得不借重墨晶的大眼镜了。又因要遮住左手上的中指与食指伤痕，非把手套遮住不可了。但右手戴手套，又觉做事不便，所以右手上必不会用手套的。

此种理想，竟完全与事实符合。那戴先生便不问而知，一定是陶得奎的化名了。

当时心里转了无数捉拿的方法，总觉不妥，倘然写信报告秦公馆，自己脱身事外，觉得太平淡了，不足以显出大侦探白芒的手段。不如出其不意地捉住了他，送去叫他们见了一喜，那时也顺便可以拿到他五百元的悬赏了。但是倘然那人带着凶器，便非一人之力所可捉住，岂不反弄糟了事？

最后才决定去拜访那南方旅馆的经理，对他说明此事，说此人现在房内，可否请你把他锁上房里，由自己去关照秦公馆派人来捉，不可使他逃去。

那经理听了不答应，后来见白芒恳求，又答应在悬赏金内提出百元谢他，才勉强答应，吩咐下面把第八号客人锁在房里，不要放他出来。

那旅馆中从来也没见过如此奇事,但是经理的命令,也只得照办。

幸亏那人送了阿简出去后,独自一人在房中午睡,所以并未觉得。可恨那秦公馆没有装得电话,否则只消打个电话去,便不用白芒跑咧!

此时白芒急忙坐了车子赶去,心中虽则着急,足足隔了半个多钟头,才赶到那里,见了那费业新,告诉了他。

费业新见他不像会干事的,有些待信不信,只得进去告诉了秦夫人。

夫人大喜,急又关照费业新去叫包探来一同前去,倘然查明,正是凶手,便可顺手拿住了他。

又忙了约有一个多点头,白芒同了费业新与包探人等,直奔南方旅馆而来。

话说南方旅馆,这时候正闹得厉害呢!原来自从白芒出来后,过了一个钟头,那旅馆经理,等得有些着急。不料这房间里睡着的那人,忽又醒了,一时却还未曾知道被锁,起身后,即在床后的马桶上大便,将要完毕的时候,一找寻草纸已没有了,便高声叫喊茶房,拿草纸进来。

外面的茶房,听他醒了不觉大惊,急忙报告经理。

经理也是吃惊，一时无法可想，只得关照暂时不要去应他，随他大声呼叫，总不理会。

这时那人是格外发火，大骂道："难道旅馆里的人，都死完了吗？怎么没一个人听得呢？"

无奈外面还是没有人答应，这可当真急了，但是身子又不能动，又不能跑，这种狼狈的情形，就是请十七八个画师，都画不出来。

又隔了五分钟，才见白芒领了一群人赶来，连忙招呼同到八号房间门前。

各人都预备妥当，才由那经理战战兢兢把门开了。

一齐冲进去看时，只见那戴奎元两脸涨得通红，还是坐在马桶上。

这费业新一进房来，便急拖白芒的衣服，低声叫道："糟了糟了！这人哪里是陶得奎呢？"

白芒这时见那人也没有戴着手套，也没有戴着眼镜，左眼也不是吊眼，右眼皮上也没有黑痣，心中正有些疑惑，一听此言，顿时愕了半晌，说不出话来。

那经理见事不对，便慌忙骂那茶房，亲自去拿了草纸给了那人，才得起来，不觉大怒责问究竟是何道理。

那经理慌忙赔笑说明缘故，并加了无数抱歉的话。

白芒也自认不是,连声说"对不住"。

那人骂了半晌,气还没有平息。

包探等一共出来,都埋怨白芒不该误认,害得大家受了没趣。

白芒也自认晦气,没得话说,一路走出旅馆,分别而行。

白芒自己回去整备重寻线索,再行探查。

哈哈!你道白芒的猜想果然错了么?原来恰恰一些也不错的。那戴奎元正是陶得奎的化名,而且正是白芒等所欲得的人呢!

那天他在宁波接到了阿简的信,便同了一个同乡,一起到了上海,住在南方旅馆第八号房间内。

这一天阿简来看他之后,与他朋友同送阿简出来,顺便一人走了出去。这个锁在房中的,却非他自己,乃是他同来的同乡啊!所以白芒等,闹了一个大笑话出来。

当下费业新等,带了包探人等一同回秦公馆去,还没走到十几间门面,忽见这搜查不到的陶得奎,坐了一部黄包车,向这里赶来。

费业新一见,暗暗打一个招呼,顿时包探人等,一齐拥了上去,把黄包车轧住,立刻将陶得奎轻轻地捉住了。

可怜白芒这时候,做梦也料不到陶得奎会这样捉住的。

直到明天早上,新闻纸上登了出来,大致说道:

蒙古路暗杀案内的陶得奎，昨已被获，于今日解送公堂。所有悬赏金五百元，业已如数酬出，由线索人费业新、包探汪得功等分得云。

白芒见自己的功劳全未提起，悬赏金也由别人得了去，心中未免有些懊丧。然而他在朋友面前，决不肯露出失败的样子来。

他总说："我探查此案，原自出于好奇之心，并非为那五百元的悬赏啊！"

孝子的孙子的孙子

说到可怪的遗传性,往往有一种神秘而不可测的道理蕴藏着。随便哪一个人,他平日的行为思想,这其中总有这么百分之几,类于他远代或近代祖先的性质的,有时虽不可见,有时却显而易见地流露出来。

这种道理,相信者,也不止是白芒一人。只不过白芒是迷信此律很厉害的一个人罢了,所以当时听了他的朋友从真茹来的韩多士,详述他乡间一件逆伦案子后,总是摇头不信。

他辩驳道:"多士,这一件案子,虽是到处传遍了,但是无论如何,我总觉有些疑惑。你要知道,那外面骂他大逆不孝的王午义,乃是王有铭的孙子。这王有铭又是大名鼎鼎的王孝子的孙子。所以王午义便是王孝子的孙子的孙子啊!你想,这王午义既然是王孝子的一脉真传,那么亲谊虽远,究竟多少有一些王孝子孝的遗传性。要是存一些些的孝心,便不会做出这背伦悖理的事情来的。"

韩多士笑道："白芒，你的理想或者不错的。但是社会上的舆论，几乎众口一辞了。那王午义倘有冤枉，却非白芒兄替他设法不可了。"

白芒起身道："不错。为人道计，我便不得不尽力了。多士，我跟你到真茹去跑一趟吧。"

于是两人查了火车表，乘着九点半钟的快车，赶到真茹来，一直寻到王午义的老家。

只见那门前巍颤颤地立着一座石牌坊，上写着"纯孝可风"四个字，想来便是那王孝子一生的成绩品了。想不到二百年后，竟有这样绝对不同的事实发生出来。

当时二人走进门来，见了那王午义的妻子张氏，一身素服，憔悴可怜。

白芒述明来意，张氏听了，自然感激，说了许多请求帮助的话。

白芒便细问原委，张氏一一说明。

原来那王午义家中很是有钱。午义在上海一家银行办事，不时回来。但是金钱方面，老母管得很严厉。平日间母子二人，虽是有些龃龉，但是也不曾大闹过。说到"毒毙"二字，更觉冤枉，想来决不会有的。但是证据甚多，所以一时脱不了干系了。

那一天,老母为了病中胃口不好,所以叫午义到上海去买了麦糊粥回来,要想煮食。无奈这种东西,乡下人家烧不来的,所以只好由午义自己来烧了。不料吃了麦粥之后,老母顿时七孔流血而死,一时乡里咸知,掩瞒不得,于是惊动官府,定要来相验。

验过之后,查出的确是服了砒毒而死的。但是那剩余的麦片内,却也查过,不见有毒,必是有人下毒于粥罐。于是午义便犯了嫌疑,将他提去审问之后,偏偏午义又供出那天为受了他堂兄弟仁甫之托,代他撮了一剂药。又因为毒毙老鼠之用,顺便托带一包白砒,所以在南市百德堂药店里去买着的。但是买来后,早已交与仁甫了。

堂上闻了此语,便把仁甫捉了去问时,仁甫又说:"药是有的,砒霜却没有买过。"于是又差人到南市百德堂内去询问,果然有砒霜卖给过王午义的,还说因为他是熟人才卖的,倘是别人来,便不会卖给他了,总料不到他买了去,也会出毛病的。

这样一来,王午义便犯了莫大的嫌疑了,从此拘禁在监狱里。这事情也传遍了各处。

那白芒听张氏缕述情形,一声也不响。

韩多士觉得真凭实据,事无可为,现着失望的颜色,问白芒道:"你看这事如何了?"

白芒道:"且不要说它。可否让我们到室里去检察检察,或者可以寻些头绪出来。"

张氏答应了,陪他们登楼,踏进房去。

这房间里都是椐木的器具,倒也清洁。正中一只大床,床横边有一只箱柜,柜上放着一只洋油炉子,据说麦糊粥便在这上面煮的。

白芒仔细一看,见那箱柜四面,收拾得很干净,也看不出什么。但是倘然有人把药物放在洋油炉子上的粥罐里,床上的人,是决看不出来的;便是房内的人,倘然不留心时,为了身子的遮掩,也不会看见。

白芒偶见箱柜后面靠墙的隙缝里,有二三个纸团弃在那里,便偷偷地捡了出来藏了,也不言明,却对韩多士说道:"我已看过了,不必再逗留在此。我们走吧。"

张氏送了他们出来,再三重托,恳求救出伊丈夫来,又说现已请上海有名的李伯清律师出庭辩护,有事时可去找他商议。

白芒答应帮助,二人走上一家小茶馆吃茶小憩。

韩多士问白芒可曾看出什么端倪。

白芒道:"虽不曾查出什么,但是午义的冤枉,却格外显出了。你只消想一想,王午义倘是毒杀母亲的,岂肯自供买过毒药呢?我看他那堂兄弟王仁甫,倒着实有些嫌疑呢!"

韩多士道:"但是他不曾进过房去,怎能下毒呢?"

白芒道："倘然另托他人代放，也可使得的。"

多士讶道："难道叫张氏去下毒么？我想那可怜的张氏，决不会的。"

白芒道："或者竟会如此。你岂不闻'最毒妇人心'吗？如有特种原因，便顾不得许多了。"

多士摇头道："你随口乱说。我无论如何，不能相信。"

白芒道："不完全的证据，却也有些。你看，这是什么东西？"说着，从袋中摸出方才拾来的废纸一张。

韩多士接来一看，只见那纸却是一张团皱了的厚外国纸，虽是皱了，隐隐约约可以看出原底的折痕来，乃是长方形的包子①，还有一点点的黑迹，闻了闻，也闻不出什么来，便说道："我看这乃是包珠子、翡翠、女饰用的，也不见有甚疑点。"

白芒道："你不见上面的黑点吗？我要叫化验所去验呢！谅必有砒毒余留着。唯其是女饰包纸，所以那张氏颇有可疑了。"

多士道："这也不能一概而论，便是午义也可得到这纸来一用的。"

白芒只是微笑，起身道："天也晚了，不用说咧，横竖要有别

---

① 包子：旧时银钱等的封包。

的证据,才能决定,不如到你府上去休息一会吧。"

二人起身,出了小茶馆。

这一晚白芒便住在那里。

一连两天,白芒东访西问,想得些参考证据,无奈社会上的舆论,差不多众口一辞,都说午义不孝,竟也探不出什么来。王午义也已解到上海检察厅去了。

白芒有些着急,待要回到上海,忽然这一天,正在一所庙宇前闲走时,偶然听得有人闲谈的声音。

一人大声道:"王午义的事吗?恐怕全世界上,也只有我一人晓得底细呢!"

白芒突然心中一动,急忙转进去一看,见是二个人闲谈:一个是卖菜的乡下人;一个却有些鬼头鬼脑的,方才说话的,正是此人。

白芒便去问他姓名,可真晓得王午义家里的事吗?

那人答道:"我名唤邵阿三,又名'大话阿三',对于王午义的事,虽则晓得内容,详细却也不便说出。"

白芒急欲知道,便又许他利益。

他兀是不说,只道:"此事于我有莫大的关系,不能贸然宣布。"

白芒格外着急,急又摸出自己的钱袋来,拿了一张五元钞票送他,又答应他说出之后,倘肯做证人,因而翻案者,便再送他五十元谢仪①。

那阿三虽是厉害,到此时也被金钱的魔力掀动了,这才说出他自己是个小窃,这一天,正在王孝子家屋上进去,想去做一回生意,不料从窗口内看见一人,正把一包东西放下粥罐内。

白芒急问道:"那人不是一个女子吗?"

阿三道:"谁说不是此人,我还认得,正是王午义的妻子张氏咧!"

白芒惊喜道:"果然如此吗?你的说话可当真的?"

那阿三拍拍胸脯子道:"大话阿三,岂有说谎话之理?"

白芒又对他说道:"你的话果然可以救得一人性命,但是今天说的,没有用处,须到堂上作证,然后可以有效。我看事不宜迟,你明天便须坐了火车,到上海董家渡寻李伯清律师事务所,对他明白说出。那时我也在那里了。你记得么?此事成后,你有五十元的酬劳啊!"

白芒嘱咐毕,赶紧连夜回到上海,明天一早,便去拜访李伯清律师。

---

① 谢仪:谢礼,酬金。

这位李伯清律师,自从办了这件逆伦大案后,再隔数天,便要审断,连夜预备,正在头脑子涨。

他要在无理中说出有理,在必不可胜的讼案中勉强说几句违心话,岂不大难?当时听了白芒说出补救力法,好不快活?

待白芒说明原由,又道:"那拾来的纸张,今天已由化验所验出,确有砒毒。"

李伯清听了,前后仔细一想,似乎觉得很有希望,于是两人坐着,等候那阿三到来。

可是从早晨等到吃饭辰光,还未见来,李伯清只得留了白芒吃过午饭,又等到二点多钟,依旧不见影踪。

李伯清未免有些不耐赖了,问问白芒,又说不出是何缘故。直等到四点一刻,才听得敲门的声音,只见一人昂然进来。

此人头戴青灰色外国呢帽,身穿淡灰色哔叽呢袍,外罩玄色直贡呢马褂,扣着大红玛瑙的纽子,里面穿着白灰色哔叽呢裤子,足蹬一双湖色铁机缎鞋子、长筒黑丝袜,面上雪花粉敷得雪白。要不是仔细审看,白芒再也认不出便是昨天碰见的大话阿三了。

当下他一进来便对白芒连连拱手道:"对不住,对不住!昨天说了一句谎话,倒累你们等了半天。"

白芒跳起来道:"什么话?你昨天的话不是实话吗?恐怕你在着做梦哩!真昏了昏了!"

阿三反而大笑道："我不做梦,恐怕你倒在那里做梦呢!我昨天不该贪了你的钱财,随口胡说。后来一想,如此说谎,总不妥当,便是当真救了一人,也便要害了一人啊!幸得今天财星高照,既不要用你的金钱,便也不再来傀儡登场了。哈哈!你认得我大话阿三吧。再会再会!"说话罢,竟头也不回,一直走出去了。

李伯清觉得事出意外,再看看白芒,气得呆若木鸡,一动不动,望着门外。

李伯清几乎要笑出来,叫道:"白芒先生,怎么样了?"

一句话才把白芒惊醒,便立起身咬咬牙齿,恨声不绝地说道:"这厮一定受了别人的运动,所以反转过来。只看他衣服装饰,与昨天截然不同,便不问可知了,但也无法可想。李先生,你看如何办法?"

李伯清道:"也没有什么好法子,只得依旧尽我的力,从法理上声辩罢了。"

于是白芒先生也垂头丧气地退了出来,接连几天搜查确实证据,总不能如愿以偿,有时一说两面可通,有时一证两面可合,虽没有可以证明王午义杀母的确据,也没有可以证明王午义未曾杀母实证。

于是难为了白芒东奔西走,足足隔了一个多月,直到王午义定了死罪,王仁甫开释了之后,才罢休。

这一天,距离王午义执行死刑后,已逾三个月了。

韩多士又来拜访白芒,问白芒对于此案,到底有何见解。

白芒摇摇头道:"从前确定不移的意见,现在又有些疑惑了。"

停了一会,韩多士又问道:"那么关于遗传性的研究,近来想是格外进步了。你说倘然王午义当真是杀母的凶手,那孝的遗传性上,有何根据?"

白芒徐徐答道:"有的或者他先代的女性一方面,有什么恶根性遗留着,那也未可知呢!"

三万六千三百五十四

白芒侦探因为近来探案，屡屡失败，深怪自己的侦探手段，尚未纯练，所以新近又买了许多书籍，专心研究侦探学识，什么足印学啊，烟灰学啊，泥土学啊，毒物学啊，手模学啊，闹个不休，弄得头昏脑涨，几乎要发狂了。

幸亏得这时候，有个朋友来看望他。此人名唤姚企人，乃是白芒从小的朋友，虽不十分要好，但因相识了已有十几年，见面之后，颇为亲热。

白芒很热烈地握着姚企人的手，说道："企人，我们约有三四年不见了。我看你的颜色，似乎有些闷闷不乐，不是新近又赌输了么？三四年来，还没有觉悟赌的害处？你手中拿的是什么东西？不是一张贵州赈券的对号单吗？唉，我明白了，必是买的奖券没有中彩，因此懊丧，是不是呢？"

那姚企人垂头不语，面上露出不愉之色，愤然答道："果然买的奖券，要是不着，倒也罢了，得而复失，才是可恨可怨啊！"

白芒惊问道："难道着了彩后，又将券遗失了吗？可是着的头彩么？这倒是很可惜的。"

姚企人摇摇头，从身边摸出一张奖券来，道："券是现在此地，方才去兑现，他们却说这券是假冒的。你道奇怪不奇怪？"

白芒将券接来一看，只见上面的号码，乃是"三万六千三百五十四"，又拿姚企人手中的对号单一对，竟是第三彩，全张奖银一千元。

白芒支颐问道："你的券不是从捐客手中买的吗？我想，这捐客当然不会来的了。"

姚企人点头道："是的，此券乃是上星期我在徐州府时，一个捐客手里买的，却也记不起是哪一个人了。昨天我拿到老北门'万全财票号'里去询问时，他们先是万分客气，把我请到里面去坐了，又把香烟和茶等供奉着。后来来了一位年老的人，把票子接过仔细一看，竟道：'此券是假造的。'拿来还了我，我待要与他们辩白，有位小伙计努努嘴，低声关照我不用闹了，闹到警察局去，还要吃官司呢。我只得忍气吞声地退了出来。既而一想，他们把券拿去了半天，不要是他们将券掉了包，把假的给我，所以特地来看你，请你替我一查，究竟是何缘故，才得放心。"

白芒点头道："这却是要防的。你不如把券暂寄我处，我当设法查出原由,再来告诉你便了。你现在住在哪里?请你告诉我,以便一有结果,就来通知你。"

姚企人道:"现在我住在兰园旅馆三号房间。如有端倪,你来看我便了。"

姚企人起身告辞去了之后,白芒准备了一会,也走了出去,一直到老北门来,一找便找到那"万全财票号"。

他跑上去见有一个中年的伙计,便带笑问道:"请问你们,这里可以兑大彩的奖金吗?"

那伙计正在看新闻纸,听说是生意上门,顿时面露喜色,忙答应道:"可以可以,便是头彩也可立刻兑现。"

白芒微笑把手中的券交给他,看那伙计接来一看,便皱眉道:"先生,我想这票子必不是你自己的,可是你的贵友托你代兑的吗?"

白芒答道:"不差,确是我一个朋友托我的。"

那伙计道:"先生,你上了当了!这张票子,老实对你说,是假造的,早已来兑过了,幸亏我们的老板细心,一看就看出毛病,没有被他骗了去。他还迫着立刻要现金呢!"

白芒故意讶道:"原来如此吗?这样一来,我只得带回去还他了。还要请问你,到底这假票的破绽在哪里?"

那伙计道:"这厮假造得倒也精明,与原票一毫无异。但是他没有晓得公司里的规矩,大凡一张票子,中了彩之后,不到半天,便已查得明明白白,经过几个转手:先由某处某号领去,再转批到某号某店,最后才由某公司某人卖出。凡是经过一处,上面总有一颗图章的。这票子上面,只有承销的'有发公司'图章,以及售出的'得利票号'图章。其余如'福会来''天来运'等几个票号,均曾转过手的,却没有图章在上面。这便是一大个破绽!你看,这票子虽已弄得很污皱,却只有两颗图章在上面!"

白芒仔细一看,果然如此,不料心中灵机一动,发现了一些端倪,于侦探手续,大有帮助。

他便急急说声"再会",连忙叫了车子,回到寓所,走入办事室,取出一套器械来,把这券仔细考察。

原来方才在"万全财票号"时,经那伙计提明了这票上已经污皱,忽然想起这些污印,岂不明明是几个手指模么?倘然把它仔细研究起来,说不定会查出那假造的主人来了,所以急忙赶回,取出这一套手指模的家伙来。

这套家伙,包括着显微镜、白粉、小帚、量尺、摄影机,种种东西,乃是德国的出品,白芒购来后,尚未用过,今天恰可拿来一试了,于是把近来研究着的手模学识,一一应用起来,费了半天工夫,才断定这上面共有七个手印:其中有两个是拇指、食指的,乃是白芒自己的;其余几个,想必有那假造票子犯人的手印在内。于是便决定去侦查这手印是何人所遗留,谅可得到这犯人了。

明天一早,他知道姚企人心中定要记挂,所以先去关照他一声。走到兰园旅馆来一问,知道姚企人已经出去了,但曾关照过的,倘是白先生来的,叫他等一等,迟到九点钟,必定回来的。

白芒一看手表,这时已经八点半钟了,便开了房门走进去坐下,看见桌上放着一份《最小》①报,便随手拿来看着。

无意中,忽见那报纸上竟也留着一个指印,不觉好奇心发,便从身边拿出一只显微镜,细细照着,要看它是属何种类的,岂料不看便罢,一看时,使他惊异不止。

原来这种指印,竟与留在那奖券上许多指印中之一个完全相同的。真是怪事啊!难道这犯人竟与姚企人有往来的吗?于是一时间,脑中顿时思绪纷乱,起了许多疑问。倘使这犯人竟是姚企人的朋友,这事情便也可以明白了,必是那朋友造好了票子交与姚企人去蒙混兑现的,不料事情没有成功,又想叫我去骗他

---

① 《最小》:由张枕绿主编的两日刊,1922 年创刊于上海,良晨好友社发行。该报以"提倡小说艺术"为宗旨,因篇幅"最小"而得名。

们呢！

忽又转念自己暗笑道："这真太糊涂了！现在这手印到底是哪一个的，尚未明白，岂能如此武断？倘这指印竟是姚企人的，也未可知。因为他本是此票的主人，难免不把指印留在这上面啊！"如此一想，觉得与事实格外符合，便专等姚企人回来，便知究竟。

停一了回，姚企人果然回来了。

白芒不问情由，先叫他把桌上的墨笔涂着他的手指，叫他把十指的手模印下来。

姚企人十分疑讶，忙问何故。

白芒道："这事与你甚有关系，必须要留下来的。"

姚企人怒道："不能不能！你岂不是把我当作囚犯么？无论如何，不能如此无理的。"

白芒才大笑道："这真可笑了。既然如此，我先告诉了你吧。只因这票子上有许多指印，其中也有我的在上。我想，或者也有你的在上。这本没有甚奇怪，因为凡是经手拿过的，偶因手汗、墨水等关系，很容易留着指印的。现在不过要辨出谁是谁的指印。除了知道的以外，那不知道的，便当真有可疑了。"

姚企人这才明白，果然把手指印下来，细细与票子上的一对，竟对出三个相同的来。那《最小》报纸上的一个指印，却也是姚企人的。现在除了已晓得的外，不知道的，就只有二个指印了。

白芒大喜,握着姚企人的手道:"这真帮助我不少。因为现在的进行,便更容易了,只消去查出,这其余二个指印的主人,便可知道究竟,并且也祛除了我心中一种的疑感。我想不到几天,总可查出究竟了,你且等着我的报告吧!"

于是白芒告辞出来,便心想关于这种票子的事情,必须要到票子店附近去调查的,所以在老北门一带票子店的附近,细细调查,一家家去有意无意地兜搭:或是假装要买票子,或是问问开彩的消息,或是对对号码,偶或见了有什么指印等等,必定设法把它弄来。

果然这一天在万全财票店对号单上,发现一个指印,他设法把这对号单假意一撕,撕了半张。

那伙计大怒,他便连声谢罪,自认太不小心,还有心买了两条当天开彩的票子。

那伙计也无可如何,只得把这张纸换了一张。

白芒便宝贝也似的,把半张对号单藏了起来带回去,一察看,不料这指印竟与那假券上留着的二个中之一完全相同。

白芒大喜,心生一计,便把今天买来的两条票子,上下二面都涂着一种油膏。这也是验指模家伙中所有的,预备偷印人家的指印的。

当下他预备好了,等到明天,吃饭时候,赶到"万全财票号",有意把这张票子,送到一位年老的门前,请他查查可曾着彩。

那人拿来细细一对,便笑对白芒道:"这一条着了二彩末尾。还有一条,待我来查查看。巧得很,这一条也着了,乃是十彩。二条共得奖金一元六角。你还是要换票子,还是拿现金?"

白芒一听,心中暗暗着急,想天下竟有如此巧事,我本来不要它着彩,偏偏它又着了,便急忙道:"不要不要!"

那伙计又误会了意思,以为是不要票子,是要现钱,便道:"不要也好,如此拿现钱吧。"便又高声叫道:"二彩末尾一条、十彩一条,共计大洋一元、小洋六角……"

白芒更加着急,忙赶上去想把票子夺下来,连道:"不对不对。快把票子还我,我不要兑现,快快把票子还我吧!"

那伙计似乎有些奇怪,心想这人中了彩不兑现,倒想不出是什么缘故了,便在这呆了一呆的当儿,早被白芒把票子抢在手中,飞也似的,跑回去了。

到了家里,心中尚是乱跳,犹喜脱险回来,没有把重要的证据抛掉。追细细一验,果然查出这票子正面,有一个拇指印,反面有一个食指印,恰好与那假票上的二个指印相同。

于是白芒的侦探手续,到此已告完毕了。此后他便仗着脑力推想，谅必这店主人，便是那年老的人，深心远虑，平时必已预备了假票不少，待等大彩开了出来，他又把号码印入，却也一时不能用出。只要有人把这种票子来兑现的当儿，便把假票掉给他，只说他的票子，乃是假的。这真是神机妙算啊！

继而又想这事情明白是明白了，只是怎样办法呢？有了！不如直接去报告贵州赈券公司，关照他们倘有此券发现，请他们暂时止付，再把万全财的主人追究起来。有这几个指印作证，谅必可以水落石出的。

当下便带了这几张票子，直到贵州赈券局来，直接访见总经理，说明来意，先将这几张票子，交给总经理看了，便又请他暂时把那奖金止付。

那总经理起先听了，倒很觉注意，后来便写了几个字，叫一个茶房进来，对他说道："你把这字条交给谢先生去照办，不得有误。"

那茶房答应去了，总经理才微笑着对白芒说道："这票子既不是你自己的，何以又如此热心，替他辩护呢？"

白芒道："那人也是我的朋友。他既然相信我，把这事交给我替他办，我自当竭力办了。"

总经理道："但是你可晓得这事情有些蹊跷么？你不知奖券的章程，我对你详细一说，你便明白了。那第三奖的票子，本来是上海有发公司承销的，后来转过'福会来''天来运'几家票号，最后才到'得利票号'售出。那奖金，早已于第二天早上兑出去了，所以令友的一张票子，竟有些莫名其妙了。万全财主人早已来报告过，几个手指印，不作为凭的，是老兄恐怕倒有些嫌疑呢！方才已写信去叫包打听①来了，想来这时已将到咧！横竖事情总要水落石出的，暂时只得有屈你老兄，在你身上查出原人来吧。"

正说时，果然推门进来有三五个人来，都是歪戴着帽子，有七八分流气，一望而知是包打听一流人物。

白芒大惊，立起身来，想要辩白几句，幸亏得那几个包探中有一个认识自己的，挺身出来道："啊呀！这不是白芒侦探么？他乃是西法的包打听啊！为何在这里呢？"

那说话的名唤乔二，与白芒有一面之识。

白芒见有人认识，这才把心放下，这时心里明白，知道必是姚企人弄的玄虚，自己也几乎上了他一个大当，便也顾不得从前的友谊，将事情约略说明，领了这一大队人马，赶到兰园旅馆来。

那姚企人这时人恰不在，便开了门进去。只见桌上与四面的

---

① 包打听：旧时租界中巡捕房里查访案情的人。后泛指消息灵通、善探隐私的人。

陈设,均没有动过,桌子底下,有一只小铁箱子,锁得甚牢,再也开不下来。四面搜寻钥匙不见,也查不出什么别的东西。

白芒正在着急,忽然外面茶房送进一封信来,上写着"白芒先生密收",下署着"姚缄"。

白芒不觉心中一动,急忙赶出去问:"是何人送来的?"

答道:"是一个小毕三①模样的人送进来的。"

又问:"姚先生可曾来过。"

答道:"不曾。"

白芒心中明白,必已逃去了,急拆开信来看时,上写着:

白芒老友,顷知事急,已暂避,勿念!小铁箱钥匙在桌上花瓶中,此功可让之于足下也。

姚企人白　即刻

果然在桌上花瓶中检出钥匙,把小铁箱开了,里面明明放着几十张假造的奖券,号码还没有填明。

另有一副小印刷器具,却是印号码用的。有一把铁夹,中间

---

① 毕三:指城市中无正当职业而以乞讨或偷窃为生的游民,通常穿得破破烂烂。

夹着几个数目铅字,也留着未动。

白芒拿来一看,恰恰一些也不差,这数目正是三万六千三百五十四号咧!

李公馆之扫帚问题

有几个人说，这是一件窃案；有几个人说，这是一件越货伤人案；唯有白芒心中明白，这不过是李公馆之扫帚问题罢咧！

三天前，李公馆的主人，名唤李泰茂的，因了一位同学的介绍，特地来访白芒。当时所谈论的题目，不料便是后来出事的原因啊；所谈论的事，便是从李公馆的扫帚身上发出来的。

李泰茂开言道："近两天来，我家中所发现的怪事，真令我惊悸不宁啊！倘再如此下去，我便要发狂了。此事起因，在三天之前。那日早上，我从床上起来后，在房中四面一看，觉得与隔晚的样子，微有不同，但也说不出是何缘故。床对面的方台上的花瓶、自鸣钟等，确是未移动；那桌旁边墙角里的衣橱，决不见得会移动的；右手墙壁火炉架上，与昨天仿佛；床横边右手的空隙内，也是照旧地用门帘遮着。这真真奇怪了！那不同之点，究竟在哪里呢？

"白芒君，你不要笑我大惊小怪，你要知道，我在这房间内，实因有一种东西藏着。此物与我的身家名望，大有关系，所以提心吊胆，常常怕恐有人来窥探呢！当时沉心默察，惶惶不安。后来我的婢女玲儿，进来扫地。我突然明白了，那一把扫帚，昨天晚上，不是明明放在火炉旁边的么？今天早上，为何搬到门帘旁边去了呢？我的忆觉，决不会错误的。况且隔晚十二时，因吃了花生米，狼藉满地。那时婢女玲儿，早已去睡了，所以我自己动手，把地上的遗壳扫去，亲手把扫帚放在火炉旁边的，才隔一晚，便会自己走动了吗？

"我心中的纳闷，自然不必说，但也不曾告诉别人。不料到了第二天，便是昨天早上，那扫帚又变了方向咧！前晚我因出了奇事，所以把扫帚的位置，认得明明白白。昨天一早起来，别事不管，先要查看这扫帚的情形，不料地位虽没有改动，但是那扫帚的尖头，本是朝着外面的，现在却朝着里面了。无论如何，想必有人来动过咧！我还不信。昨天晚上，我便格外留意，有心把一张小红纸粘在扫帚的芦花上。今早一看，果然那小红纸已飞在衣橱前的地上了。

"白芒君，你想一次二次，接连三次，明明有人来动过这把扫帚。我的卧室之中，竟变了贼人用武之地。你道可笑不可笑？但这也不是可笑的事啊！"李泰茂一边说，一边露出恐慌的颜色，眼中露出可怜的光来，似乎求白芒帮助他。

白芒听了这篇话，觉得感着十分趣味，便道："我想这事很有可以研究的地方。如你所说，那贼人决不是来想你财物的。因为倘是谋财起见，尽可于第一次来时，席卷而去了。现在假定他的目的，是求寻一种超于财物的东西，却是苦的不知它放在哪里，所以一次二次，前来探访。这东西是什么呢？想来你也明白的，不妨请你宣布出来，才可因那东西的关系，查出一些线索来了。"

李泰茂摇头道："这是一种秘密文件，决不能贸然宣布的，便在你的面前，也不得不保持这秘密呢！我心中原也知道，那人来的目的，是志在此物，但我也决不会上他的当的，所以这几天虽则心中惴惴，却也不敢去开看这东西，免得被人家知道了安放的地点啊！"

白芒道："我想既然承你的情，把这件事委托于我，便也相信我了。倘然不把事情详细说出，怎能办得了呢？"

李泰茂道："这却是决不能说的！"

白芒有些发怒，便道："既然如此，也只得敬谢不敏了。"

李泰茂只得起身道："这也是无法可想的。如此只得再会了。"

那李泰茂去后，白芒心中气闷不过，暗想这厮倒也奇怪，如何如此地严守秘密呢？这其中却大有可疑了。

不料事情变得很快，才隔得一天，李泰茂心急慌忙地跑来，对白芒说道："不好了！果然被他们拿去了，而且还伤了人。懊悔前天不该谢绝了你，不然或者不会发生此事的。现在事情急了，快请你到我家里去看看。巡捕房虽已报告过，但是他们只不过当作寻常的窃案办理，也不曾明白其中有别的缘故。其实除了那不可以价值计的文件以外，简直也没有什么金钱上的损失啊！"

二人一边说，一边走出门外，上了李泰茂坐来的汽车，开向李公馆去了。

李公馆僻处西北，在静安寺过去，忆定盘路七百卅号，一所小小的洋房，也有一些园林结构。

汽车到了，二人走出车子，一直跑进李泰茂的卧室中来。

这房子原是平房，没有楼的，一共有四五个房间：第一间是会客室，第二间便是李茂泰的卧室，后面还有仆役室，及老太太的房间等。

白芒走进卧室一看，室中陈设，与前天李泰茂说的相同。

李泰茂便指着床横边一只小抽斗道："本来这文件，便放在小抽斗里。另外有一只小保险首饰箱，藏此物的，外面用锁锁着。我懊悔不该昨天心中胆小，怕当真被他们不知不觉地偷了去，偷偷地开了小抽斗检查一回。大约被那贼人知道了，便在昨天晚上，我们都在会客室里晚餐的时候，被贼撬开了锁，连箱子一齐偷了去。可巧我们的车夫阿四,出来盛饭,遇见这人,也没有看清楚,只见一个黑影一闪,便大声呼喊出来,猛然被那人提起一把扫帚,在头上很厉害地击了一下,倒在地上。待我们闻声出来,那人早已远扬了。"

白芒问道:"如此说来,那人的面貌,也不曾认清呢?"

李泰茂道:"只见是一个中短身材的人,浑身都是黑衣黑帽的。可恨这一条路上,也没有巡警,所以也没人看见他出去。"

白芒不语,便在室中察看。那小抽斗果然是硬撬坏了,也没留什么痕迹。又看门帘旁边,放着一把扫帚,白芒十分注意,问泰茂道:"这把扫帚,想来是叠次发现怪事的一把了,可否让我带回去研究研究?"

李泰茂自然答应。

白芒又问:"你们这里,除了玲儿与车夫之外,还有几个用人?"

李泰茂道:"一个烧饭司务[①],一个娘姨[②]秦妈。"

白芒叫来,一一问了几句话。

那车夫因为脑中受伤,觉得头目昏眩,尚是卧着;婢女玲儿,新近进来得不过三四个月,年才十三四岁,还是小孩子脾气,当

[①] 烧饭司务:厨师。
[②] 娘姨:方言,旧时称女用人。

然不会有什么嫌疑;那娘姨本是老用人;烧饭的也无可疑之处。

白芒闷闷不乐,只得携了那一把扫帚,回转寓所。可是那一把扫帚,却是很不容易携带的,又不能包,又不能扎,又不能拖着跑,更不能捐着走,只可用绳缚了,一手拎着,好似送人的火腿一般。

这街上车子稀少,李泰茂的汽车,又被老太太坐了出去,白芒只得步行一段。

恰巧有两三个乡下人走过,见白芒穿了西装,带了一把扫帚,觉得十分奇怪,只是对他看着,看得白芒倒有些窘了,面孔渐渐红起来。

恰巧有一部黄包车在前,白芒赶上前去,也不争论价钱,叫他拖回寓所,心中暗想:"拿了这一把扫帚,虽是十分难看,却于我的侦探手续上,大有帮助咧!"

心中正在转念,倏见一人,乃是个卖扫帚的,肩上捐着一大捆扫帚,手中也拿着一把,见白芒走过,忽地把手中的一把,倒持转来,对白芒一扬。

白芒大为奇怪,心想其中定有缘故,也随随便便地向他点了点头,车子早已过去。

白芒回到寓所,便着手研究起这把扫帚来。他本想从这把扫帚上,研究出什么隐微的指印来。不料他的预想,完全失败,却不是扫帚上没有指印，实因指印太多了，再也辨别不出数目来，重重叠叠，至少有一千个以上。

原来一把扫帚，每天总要用多少次数，也不定是谁拿的，而且年深日久，也没有人去揩拭它。

白芒没有想到这一层，所以失败了，只得再从别处探查。

不料当晚九点半钟，白芒将要睡觉的时候，李泰茂忽然携了一封信来了，面上有不安的神色，对白芒道："这件事发觉了，你看什么办？"说着，把信交给白芒。

白芒接来看时，只见上写着：

泰茂世兄大鉴：

  自与令尊别后，倏忽十年。近来申江，始悉老友去世，眷念故人，心伤无已。周年事渐老，事无可为，因思世兄厚藉余荫，可否救济千元？日前小徒无知，擅取令尊遗物，款到当即奉赵耳。周现住北京路有英里十七号楼上，一并附闻。

  专此，顺请

财安

            邵周星 手启

白芒伸了伸舌头道："好客气的口气。我想你的文件，倘不要紧，便让他拿去了便是；倘是重要的，便出一千元，也没要紧。"

李泰茂道："不是如此说法的。先人的遗物，关系重大，便是出二个三个这些数目，也是要拿回的。但是最好把这人抓住了，以免后患才好。"

白芒道："这事非报捕房不可了。明天准由你交给我一千元，我便去同了几个暗探，只说是去赎回文件。等东西拿到了手，便把他捉住。你道如何？"

李泰茂大喜称妙，便决定了如此办法。

果然明天早上，白芒同了四五个包探，同到有英里来。

那有英里内，都是些一上一下的房子，一找便找到十七号。于是分派妥当，着两个人看住前门，两个人看住后门。

白芒自己，便同了一个包探，名叫裴德明的，二人进去一问，果然有个名唤邵周星的，夫妇二人，住在楼上，于是叫了下来。

一见面，白芒一愕，那邵周星不是明明那天在静安寺看见的，卖扫帚的那人吗？怪道呢！原来这一件案子，缠来缠去，总脱不出扫帚的关系啊！当下却不言明。

邵周星见了白芒，也只笑了一笑，却开言道："你们两位，不是代表着李泰茂来的吗？李泰茂不能亲来，甚为遗憾。但是有一件事，我却要预先声明。你们两位，我虽不认识，但是这一位，依我想来,却也是我们的同志。"

白芒忙截住道:"不对。我几曾是你的同志?"

邵周星一愕道:"不是那天坐在黄包车上,带着一把扫帚吗?我对你打招呼时,你还答礼呢!"

白芒笑道:"怪道呢!那天我带了一把扫帚,原是别有用意的。你把扫帚一扬,这算是打招呼,却也可笑得很。"

邵周星道:"闲话不要多说,且说今天的事。你们虽相信得过我,我却有些不相信你们。现在只得由我定个办法,你们先把银洋交给我,然后由我把东西拿出来。横竖在这一间屋子里,况且门外有人看守着,逃不到哪里去的。这样一来,我才能放心,不致被你们诳了东西去啊!"

白芒同包探一商量,果然逃不出去,便道:"也好。这里是一千元一张即期庄票①,请你收了,把东西检给我吧。"

邵周星微笑,摇头道:"不能。这庄票有些不妥,请你换现钞票给我吧。"

白芒无法,只得出去换了钞票来。

邵周星检点无误,这才收了道:"谢谢你们二位!现在你们请

---

① 庄票:旧时钱庄发行的本票。因采用不记名式,故可在市面流通,视同现金。即期庄票,是指见票即付的本票。

坐着,我到楼上去把东西拿来。"

邵周星便走了上去。起先听得楼上脚步声音,又听得翻弄箱子的声音,再隔一会,忽然没有声音了。

那包探裴德明待要上去,白芒拖住他道:"横竖逃不走的,上面有女客不便,不要上去吧。"于是从新坐下,又等了一会,还不见邵周星下来,忽见楼上冒出浓烟来,又见火光闪闪。

白芒知道事情不妙,急赶上去看时,哪里见得影踪,早已一个人也没有了。只见火光熊熊,已有不可收拾之势。墙壁上有一扇门开着,谅必是从隔壁人家出去逃去咧!

白芒、裴德明二人,急得跳脚,无可如何,只得逃下去。

这一场火烧得煞是厉害,接连烧去四幢房子。救火会救熄之后,查看时,唯有那邵周星的一幢,烧得最是厉害,简直是片瓦不留呢。

第二天的《新闻报》[①]上,少不得登出这一节新闻来。但同时的报上广告栏里,发现了一条很奇怪的告白,只有寥寥数字道:

[①]《新闻报》:近代中国与《申报》齐名的商业性日报。1893年2月17日在上海创刊。

款收到，扫帚文件已毁，勿念！

白芒看了明白，便持了这报，到李公馆里来，见了李泰茂，对他说明。

李泰茂道："我也已晓得了。此物既然被毁，我也放下了一条心呢！人便是逃了，也不打紧。"

白芒便问他："这文件究是何物？"

李泰茂叹口气道："现在不妨对你说了。原来先严在日，幼年时曾经与一个扫帚党，发生了关系。这党中确曾犯过几件案子的，后来党魁虽是被捕，外面遗留着党员不少。这文件包内，有几封往来的信，我因它恐有别种关系，未曾把它毁去，不料竟因此受了惊恐，还损失了许多金钱。"

白芒道："如此说来，有些明白了。怪道呢！这案子内处处与扫帚发生关系，再不料这一把小小的扫帚，竟有这许多曲折的情节在内啊！"

门角落里

可怕啊,上海地方,简直成了盗贼世界了!

倘是身上带了值钱的东西,走在路上时,便有万分的危险。只消一个人跑上来,向你打这么一记耳光,弄得你昏天黑地,他早把你的东西拿走了。便是有钱的人家,场面稍为阔绰一些,引起了强盗的眼红来,也早晚要移尊屈驾,到你府上来赏光的。

所以庞味善公馆里听到附近庞家的被抢,便觉得格外胆寒了。

白芒问庞味善道:"庞先生,既然你打电话叫我来,想不止只为这一些些的事了。如此小事,很容易解决,只要关照巡捕房,或是索性用一个巡捕看门,便可以预防了。你要晓得,上海的盗贼,本领平常,决不会像法国大盗亚森·罗苹[①]一般的没法可

[①] 亚森·罗苹(Arsène Lupin):法国侦探作家莫里斯·勒布朗(Maurice Leblanc,1864—1941)笔下著名的侠盗形象。

想啊！"

庞味善道："道理确是不差，而且也已照办了，无奈缓不济急，巡捕房中答应了，准于下月一号起，派一巡捕来。今天尚是廿四号，这一星期工夫，可不危险吗？而且昨天隔壁庞家的被抢，其实是代替了我们遭灾。那强盗探问近邻时，明明是问的这里庞家，可巧指差了那边另一姓庞的，才出了这以误就误的盗案。那被盗的一家，其实完全的家产，也不满一千元呢。"

白芒听了道："既然如此，你不是要叫我替你们设法，消灭这未来的盗案吗？"

庞味善道："确是如此。而且最好你能在这里暂住几天，或可相机应变，以防不测。横竖你的费用，请你自己规定了，照付便是。倘然真出了劫案，破财还是小事，更怕还要有伤人的危险咧！"

白芒心中暗笑："今天改了行业，做起保镖来了。"便道："倘你不放心时，照此办法也好。"

于是白芒从这一天起，便做了庞公馆的上客。可是白芒一个文质彬彬的大学毕业生，倘然当真有大盗来时，怎能挡得了呢？所以也只有预防的一法，门禁加严，不放他们进来。

庞公馆地在孟德兰路，也不算冷落，也不算热闹，终日里出进的人，却是不少。

平时庞味善外面应酬回来,总要在半夜十二点左右;大少爷二少爷,也要在十点之后;又有太太奶奶们出去看戏吃大菜①,也回来得很晚的。

白芒一想不妥,门上虽装用电铃,但是随便哪一个人,都可用的。倘然盗贼来时,竟也用起电铃来,仆人不知,把他们开了进来,便来不及设法了。

所以揿电铃也须用一种暗号。于是便规定下来:凡是自己人进出,揿电铃须得接连二次,第一次一下,第二次三下。倘除了这规定的铃声外,无论何人,均不准开进来。到了晚上七点钟后,格外要留心。前门关闭起来,不准出入;后门也须铃声合符,方才可开。

第一天照此办法,果然觉得并无不便之处。

第二天仍旧照办,不料到了九点钟时,忽然发现可怕的事情来了。后门的铃声,突然大响,一些秩序也没有。于是阖宅大惊,顿时骚扰起来。

这时主人庞味善不在家里;大少爷庞伯胜,也已出外;只有

---

① 大菜:旧指西餐。

胆小的二少爷庞仲和在家，十分着急，忙来找寻白芒。

白芒忙叫众人不要惊慌，自己也定一定心，赶到后门边去一听，果然门外的足步声，不止一人，便高声问道："外面敲门的是哪一个？"

只听得外面答道："这里不是庞公馆么？你们大少爷，在我们店里买的东西，叫我们送来啊！黑暗里再也找不到了，才弄得这么晚。快开门啊！"

白芒又问道："你们是哪一处店呢？"

答道："便是在大马路的立昌木器店。你们大少爷买的沙发便椅，东西不少呢，价钱都已付过了。而且大少爷关照过的，今天尽晚，必须送到。"

白芒听了，心中踌躇了一回，不知大少爷究曾买过不曾呢，想了想，才高声关照道："今天大少爷不在家里，你们挑了回去吧。待明天大少爷来了，再来向你们说吧。"

外面听了，执定不肯道："不能不能！我们很吃力地挑了来，再很吃力地挑回去，不是开玩笑吗？这里究竟是不是庞公馆呢？倘然是的，便收了下来；不是的，便让我们再挑到别处去就是。"

白芒这可难倒了。他们的话，一些也不差，又不能向他们说明，这里是为的防备盗贼，所以不敢贸然开门啊！

后来外面的声音，闹得格外厉害了。

白芒想出一法,索性关照不要去理会他,随他们骂吧,都不则一声。

果然此法很有效验。隔了半个钟头,他们闹得没法,只得掩旗息鼓而去了。

庞仲和对白芒伸伸舌头道:"好险啊!我料这般人,必定不是好路道①。只听他们的声音,多么凶横。方才你在后门里面,同他们对话的时候,我倒替你捏着一把汗呢!不要被他们隔了后门,放你一枪,岂不大大危险?"

白芒笑道:"这倒不用虑的。只是他们究竟是否木器店里来的,还是假名而来的,却有些可疑。倘然当真大少爷买了木器东西,现在我们一定不放他们进来,倒弄出笑话来了;倘然不是的,那更是危险,必定乃是强人借端诱开后门了。横竖只待大少爷回来,便能明白。"

果然隔不多时,庞味善、庞伯胜先后回来了。

庞伯胜在一家喜事人家吃酒,吃得烂醉回来,几乎人事不知。

白芒问他:"今天曾否买过木器,叫人送来?"

伯胜酩酊大醉,再也说不出话来,只是摇摇头,似乎系没有

---

① 路道:方言,指人的来历。

知道的样子。隔了一会，鼾声大作，早已睡着了，弄得众人提心吊胆，十分放心不下。

白芒无奈，只可关照，把门禁加严。好得主人已回，便吩咐前后门锁了，无论何人，不准出入。

一宵过去，明天伯胜酒醒，白芒又把昨日的事问他。

伯胜听了一愕道："有木器店送东西来么？是大马路的立昌木器店么？"说着，低头想了一想，才摇头道："没有这种事，完全是说谎啊！"

那一句话不打紧，把白芒吓了一跳。如此说来，昨天来的，果然是强人了。

原来庞伯胜的答话，并不是实话。他昨天明明买过木器，而且明明关照过，要连夜送去的。只不过他们把地名弄错了，那些东西，本来是大少爷买来，送与一个相好的妓女的。那立昌木器店里，只道是送到公馆中去呢！

庞伯胜听了白芒的话，心中明白，但是此事乃是瞒着家庭的，如何可以说出来？只可说"没有"了。

可怜白芒，误会了意思，以为当真有强人来过，顿时大起恐慌。全宅中人，也立刻惶惶不安，庸人自扰起来。

那胆小的庞仲和，更加着急，连说："危险危险！昨天幸亏没有闯得进来，否则家中的男主人，只有我一个在家，倘然抓住了，要我说出藏宝的地方，岂不恐慌死了？一个不得法，还有性命的关系呢！"

庞味善问计于白芒，白芒也无善法，只得关照看守住了前后门，谅无进身之法。

这样想尽方法地防备着，又过了二天。

这一天，偏偏把电铃弄坏了，格外地不便咧！

白芒无奈，只可劝导庞味善、庞仲和，今晚不要出去了，一到八点钟，便把门窗统统关起。家中诸人，宛如囚犯一般，关在里面，不能越雷池一步。

无奈这一般老爷少爷，平日胡调惯了的，一旦锁在笼里，便似猢狲一般地坐性不定起来，睡又睡不着，走又没走处。如此情形，岂不要闷死人吗？

幸亏得庞味善想出一个方法，公馆中大开赌禁，大家碰起麻雀来，大小一共聚了五桌。

唯有白芒向来不喜赌博，处于局外。但他提议，今天只可用筹码，不能用现钱。因为倘有事故，现钱颇为危险啊！

众人依此办法，顿时便牌声大作起来。

白芒一人，四面巡逻，看看前门，进进后户，又在书房里看了一回书,到了十二点钟,便去睡了。

他们赌到三点多钟,才神疲力倦,各人自去安睡。

明天到十点多钟,庞伯胜第一个起来,走到书房里,便发现了一件怪事。

原来书房桌上,有一只小银花瓶,忽然不见了,于是大呼小叫,惊动了众人,一齐起来,四面查看,果然不见。

昨天各处房中,均碰麻雀,不曾断过人。唯有书房内,先是白芒坐着看书,后来白芒去睡了,便没有人来过。

白芒说:"我走时,的的确确在桌上的,除非有人来偷去了。前后门户紧闭,怎得进来呢?"

庞伯胜冷笑道:"笑话笑话!加紧地严防盗贼,强盗没有来,窃贼倒先光顾起来了。"

白芒听了,明知是讥笑他的,却不言语,只得四面地查察,果然查到那靠街的一扇窗,一个钩子,已拔去咧!

白芒大喜,叫道:"证据有了,你们来看。这里的钩子,都拔去咧!你看那个贼人,正是从这里进来的啊!"

庞伯胜过来一看,又指着窗上的铁格子问道:"难道这格子没用么?哪能钻得进人呢?"

白芒道:"不差,这格子果然有用。大人固不能进来,独有七八岁的小孩子,却能挨身得过的。倘有大人指使,便不难成事。这窗口下面,正是茶几、椅子。我想早上没有揩拭过的时候,这茶几、椅子上,必定留有足印呢!幸亏这一间书房里,没有别的值钱东西,否则损失之数,必不止单单一个银花瓶哩!"

庞味善听了,点头称是。

唯有庞伯胜心中不服,摇头自语道:"我不信七八岁的孩子会做贼的。"一路叽咕着出去了。

白芒不作一声,便暗暗跟了他去,只见他走入兄弟的书房里去了。

白芒便绕到窗外,窃听他们说的什么话。

只听得庞伯胜说道:"仲和,你想书房中的银花瓶,怎么会不见呢?"

仲和答道:"不是白芒侦探说被人偷去的吗?他说的话一些也不差啊!小孩却能挨身从窗中进来的。"

伯胜道:"不对。他说七八岁的孩子,会做贼,我有些不大相信。只恐白芒自己,倒有些嫌疑呢……"

白芒在窗外听了,倒抽了口冷气,暗想:"他们竟疑我偷起东西来了,岂不笑话?"又侧耳听下去。

仲和不信道:"不见得吧。"

伯胜道:"昨天晚上,只有白芒一人在书室之中,知道他在里边做些什么事呢？或者他把东西拿了，藏在什么地方，也未可知啊！"

仲和道："我想不见得吧。倒是宅内男女仆人，或者偷了东西，藏在什么地方，却是不得不预防呢。"

两人正在说话，忽然听得又有人进来的声音。

伯胜开口叫道："父亲，我本来要找你，告诉你一件事。你可觉得，今天这事，十分奇怪吗？我家那银花瓶的被窃，白芒侦探却有些嫌疑呢！"

庞味善喝道："不要胡说，他决不会如此的！做侦探的要偷起人家东西来，还叫什么人去侦查他呢？你们不要胡乱猜疑。我是十分信得过他的。"说完这话，退了出去。

于是伯胜、仲和，也默然不敢言语了。

白芒也就不听下去，心想："幸是庞味善信得过我，否则当真嫌疑重了，不能在这里住下去了。"

这一天糊糊涂涂又过去了。

一到晚上，大家吃过了晚餐，奇事又发生咧！

原来正在前后门均已封锁之后，忽然又有人敲起门来了，非但不按着规则揿动门铃，而且竟并不按铃，只是把门打得震天价响。

仆人战战兢兢地隔着门一问，原来是白芒家里的用人，因有急事，要请白芒回去。

仆人大惊失色，疑心又是歹人借名来诱开门的，不敢做主，只得来请示白芒。

白芒听了，也是疑惑，便起身亲自去听。

同时合宅中的主仆人等，顿时又惊慌起来。唯有那最胆小的庞仲和二少爷，怕得最厉害，一个人独自上楼，关了门听着，手中拿着一支电话机，只要一听人声不对，便预备打电话到捕房中去哩。

这一边白芒赶去一听，果是他仆人的口音，便放胆开门。

不料那仆人之后，竟跟着一大伙人进来，手中都拿着明晃晃的手枪，不是那日夜防备着的强盗是谁？原来那仆人叩门的时候，竟也不知后面有许多人跟着。

当时许多强盗，一拥而进，大声叫喝，叫白芒让开一条路。

这时的白芒，竟显出颜色来了，一则本性憨直，有几分呆气，二则因为今天早上，隔窗听了庞味善推心置腹之言，一时间觉得义不容辞，便挺身出来，大声叫道："且慢来！你们有话可说。如要借钱，也可商量，不必声势汹汹呢！"

于是那为首的一个强人，扬声答道："如此很好。咱们众兄弟，每人拿一千洋钱来，万事干休。否则要对不起了。"

白芒摇头道："一千太多了。减少一些，或可说话。"

可笑白芒，不自量力，竟同强人开起谈判来。

那般强人，起先见白芒独当一面，只道他有什么了不得的本领，见他无能为力，便有一个跳上前去，把他一把抓住，要掀他在地。

白芒在西方大学时，原也学过一套残缺不全的谭腿①的，这时便应用出来，果然一使力不曾被他掀倒。禁不起接连又来了几个强人，寡不敌众，终被他们掀倒了，又找到一根绳子，捆了起来。

众强人这才摩拳擦掌，预备一试男儿好身手，万不料"螳螂捕蝉，黄雀在后"。这一众人，还没上得楼梯，后门外一声呼哨，早又拥进一群人来，却原来正是强盗的冤头债主，一大队的巡捕包打听。

可怜那一般强人，手中拿的都不过是小孩子玩的假手枪，装装幌子罢了，怎敌得过巡捕们的真实家伙呢？于是纷乱了一会，七八个强人，统统捉住，一个也没有跑掉，一齐被这般巡捕押着在后，拖到行里去了。

---

① 谭腿：中国武术拳种之一，亦称"潭腿"。

庞公馆事后一检点，一件东西也没有失去。

庞味善额手庆幸道："幸亏这般巡捕来得快，没有被他们抢得东西。仲和，不是你打电话去叫来的吗？"

仲和点首道："不错，电话是我打的。但是要没有白芒侦探，同他们敷衍一会，也就来不及了。"

这句话提醒了庞味善，回头一看，白芒侦探竟不在面前，一问众人，也没有看见，这才惊慌起来，连忙四面找寻。

寻到灶间，却在门角落里，看见白芒浑身被捆，口中塞着棉花，倒在地上，手中还拿着一只银花瓶呢。

庞味善认得，正是昨天被窃之物，急忙替他解了缚，扶他起来，很差异地问道："什么？这银花瓶你也找到了吗？"

白芒答道："是的。无意之中，竟在这门角落里，找到这东西。如此看来，必是家中人偷去，暗藏在这里的。"

庞味善大喜道："白芒先生，你虽是被他们捉住了，但是要不是你去敷衍他们一番，早已把东西抢去了。而且被窃的银花瓶，现在也有了着落了。"

庞味善说罢，唯有庞伯胜心中十分不服，他听见白芒说道："我再也料不到，这花瓶竟在这门角落里呀！"便也冷笑道："我也料不到，你竟也在这门角落里呀！"

大糊涂与小糊涂

马桂祥说白芒是大糊涂,自己是小糊涂。白芒不肯承认,定说马桂祥才是大糊涂,自己并不曾糊涂。其实两个人是二个糊涂罢了。这是什么一回事呢?

原来白芒近来觉得官场的势力,非常伟大,实有左右人民的手段。从前在"五个嫌疑党人"一案中,已感得官场有掌握人民生命之权;后来在"公平而不公平之判决"一案内,又明白官场有瞒蔽社会轻重罪案的本领。因想倘自己也能在政界中,找得一个位置,那么于侦探的前途,颇有帮助啊!从此以后,便动了热中之意。

事有凑巧,白芒无意中打听得他一个亲戚,名唤马桂祥的,亲谊虽疏,但是从小时候,常在一起读书,十分相得的,不知如何,竟被他找得一条门径,做起北京陆军部的职员来了。

白芒打听明白,决定写一封信去问候他,顺便又求他在政界之中，谋一个位置。职位不在乎大，只要说出去有一些面子，便可以了。

这一封信去了之后，果然便见效验。马桂祥回信来说，这事已知道了。

也是机缘凑巧，恰好马桂祥自己，为了一件卖买军火案，陆军部里，派他做一个秘密调查委员，到上海来调查。动身之期，便在这两三天里，横竖到了上海，便可设法了。

白芒知道了，大喜，于是专等马桂祥到来，心想："这秘密调查的事务，不是我白芒的拿手好戏吗？等马桂祥来了，我总得替他出一下子力。他感激我的帮助，必然替我尽力地设法了。"

隔不了几天，果然接到马桂祥打来的一个电报，说是已乘火车动身，准于某日七点钟，必可到申。

白芒赶忙预备着床铺等等，又叫了一辆汽车，一到六点钟，便到火车站来候着。

将近十年不见的老朋友，不知改变得什么样了。回想从前在乡塾中读书的时候，那马桂祥虽是大了六七岁年纪，只是顽皮非常，不肯专心读书，所以比起成绩来，总是白芒比他好。而且他的脾气，甚是不好，常常欺侮人家。小学生辈，见他总是惧怕的。

唯有白芒，一则与他兼着姻亲，二则有时要来求教于他的，所以十分要好，从来不曾翻过脸。但是先生说起，总说："像白芒这样的孩子，将来总有出息的日子；像马桂祥，不过庸庸碌碌过一生罢了。"不道到了今日，先生的言语，完全不验，马桂祥竟会飞黄腾达，直上青云，真是始料所不及啊！

白芒在火车站守候马桂祥，起了无数幻想。正在感慨系之的当儿，忽然火车站上，铃声大震，远远见一点火星，直向此间奔来，渐趋渐近，慢慢地露出全身。果然是火车到了。

白芒等车停住，才跳上一节头等车里，四处寻觅。

还是马桂祥先看见白芒，喊了一声。白芒回过头来见了，才握手招呼。

那马桂祥虽是衣服华丽，态度庄严，只是颜色苍老了许多，十年前活泼的神气，一些也没有了。

此时又有几个打着官话的人，跳上车来，问道："你们是不是北京来的马大人吗？"

马桂祥的二个仆人答道："是的。"

那几个人连忙堆下笑脸道："原来就是这一位。犬眼不识泰山，冒昧得很！我们是这里史惠法大人那里差来迎接马大人的。汽车现在外面，请一同去吧！"

马桂祥点头微笑，一同跳下车来，与白芒分手道："对不起了，你先请回去吧。明天下午，请你到我那里来看我吧。"于是跳上车子，风驰电掣而去了。

白芒见马桂祥人已去远，便一个人没精打采地回来。他这才知道官场的势利，原来是如此的，但也没法可想。

明天下午，当真来看马桂祥，只见他在一间会客室内，同一个商人模样的人谈话。

那人身上甚是华丽，一口宁波白，打着三不像的官话，很是可笑，谈了好久，才告辞而去。

马桂祥进来，到书房中招呼白芒，答道："我们是老朋友了，不用客气。实在官场中的事情，有许多恰是麻烦。你看那方才来的客人，十分恭敬的样子，倒弄得我也十分拘束了。"

白芒便问道："方才那个人是哪一个呢？他有什么事来见你？"

马桂祥笑道："说也可笑。那个来拜访的人，正是我此来要调查的人。我还没有着手调查，他倒先送资料来了。白芒，我看你横竖没事，我现在派你一个职司吧，便请你做一个交际员。明里是一个交际员，暗里却是一个侦探，便要去侦探他们所做的事情，详细探明，来报告我便了。"

白芒道："叫我去做侦探么？这是我一等的内行，但是去探些什么事呢？"

马桂祥道："你晓得我此来的目的，不是为着调查一件卖买军火案吗？只因北京陆军部里，接着秘密的报告，说是这里的陆军少将杜赞回的，经手从某国人手里，买到一批军火，约有百万货色，后来便转卖给民党中去了。此事确否未定，但是据方才来的、西井洋行买办万茂古来说，他道：他的行里，虽然出卖军火，但是必须有北京的执照才卖，别人来买，是决不卖给他的，所以外面的语言，决不可信云。这样看来，倒似实有其事了。现在你的任务，只消去探查，究竟有无其事。倘然此事属实，便须找些凭据来就是。"

白芒答应，果然去侦探起来。先从那西井洋行着手，他打听得西井洋行，除了军械之外，还做机器及五金杂货的进口生意。他便假装了一个内地的客人，印了许多假名的名片，唤作秦晋田的，竟大模大样地来拜访西井洋行的买办万茂古来了。

当下见面之后，免不得一番寒暄。

白芒说道："我向来是在九江地方，顺进杂货店内办事的，只因生意甚大，所以从上海批发货物，甚不合算。因此派一个驻沪办事员到上海来，想在洋行中直接定货。闻得你们这里杂货生意甚大，交货期限也靠得住的，因想同你们做些生意。你道如何？"

万茂古十分欢喜道："这个自然欢迎的，只消价钱合算，随时交易便了。"

从此以后，白芒便常常到此地来，问问价钱，谈谈交易，十次准有十一次不成。

白芒本想从万茂古那里探些消息出来，不料万茂古守口如瓶，竟不露出一些口风，事情便不容易进步了。

这一天，杜赞回大张筵席，广延宾客，名说是替老太太做寿，其实是借此联络感情。

马桂祥当然也被请在内。只是马桂祥因避嫌疑，未曾亲往，只派一个代表前去。

这一趟差使，当然是交际员白芒来效劳了。他心中十分欢喜，一想今天到杜公馆去，做入座之宾，而且代表的北京委员。这一种荣耀，却是很难得啊！于是整备了大礼服、大礼帽，坐了汽车，堂而皇之地直向杜公馆而来。

到了门前，果然是人马拥拥，气象庄严。他把马桂祥的片子，及自己的片子，一同拿进去，里边立刻有二个人迎接出来。

白芒一看这二个人的面貌，不觉大吃一惊，心中暗想："那一天在西井洋行门口，不是见过他们二人吗？那一天我方才出去，他们正同坐了汽车，到得门口下来，便一直到买办间里去了。虽没有知道他们的姓名，但是明明白白，决不会看差的。"当时假装不曾认得，只可假谦虚了一会，让入里面会客室内。

其实这二个人心中，未尝不奇怪，未尝不记得。这人明明在西井洋行门前见过的，难道马桂祥那里的人，竟与西井洋行有什么交接的事情吗？

当时大家心中，虽是疑惑，但是面上却一些也不显露出来。

白芒踏进会客室，顿时心中又是一跳。这一番的僵价，比方才格外厉害。那坐在会客室里一只大沙发上的，不是明明是西井洋行的买办，卖买军火案内的嫌疑人万茂古吗？为何也在这里呢？

白芒此时，心中突然明白，这明明是一种证据啊！杜赞回也是卖买军火案中的嫌疑人。今天万茂古来此，决不是第一次了，大约在此之前，必然与杜赞回相熟得很久了。而且那二个杜赞回手下的人，到西井洋行去，却又是为何哩？这不用说，他们的交接，想也不止一次了。这还算不得一种证据么？

当时白芒虽转了许多念头，其实乃是一瞬间事。

那万茂古见白芒进来，早已起身招呼，心中也是纳闷：这九江的客人，为何着了大礼服大礼帽，来此拜寿啊？简直有些莫名其妙了！

白芒面上只装着很自然的神气，与诸人接谈。少顷坐席，又恰巧与万茂古同座，言语之中，隐隐要探出万茂古与杜赞回的关系来。

现在万茂古心中，也渐渐起了疑心了，暗念："这厮明明是九江的客人秦晋田,为何这时候变了马桂祥的代表白芒了呢?"又一转念:"秦晋田这人,虽到行里来过多次,口上总说是要定货,但是究竟不曾做过一次生意,不要是白芒的化名,来我这里侦探秘密?"越想越对,这才不敢同他再多说语,恐防露出马脚来。

但白芒的意思,也不要再细问情由,心中早是明白得透亮了。

宴罢之后,回来告诉马桂祥。

桂祥点头不语,皱眉道:"这不过是一种猜测罢了,岂能当作一种证据?你还须去找得一种确实证据才好。"

白芒细细一想:"不差,只得另外设法,再去觅些确实凭据来。"

无奈西井洋行那里,已被他们认出底细来,不能再去,只得从别方面进行,东探西问,居然被他寻出一些事迹来。

他打听得,那日在杜赞回府中遇见,招待的二人,一名高冒士,一名万山士。这万山士原来是万茂古的远堂弟兄,万茂古由他介绍,才与杜赞回认识的。他们三人,在大西饭店内,常开一个房间,乃是第八十九号,天天叉麻雀叫堂差①,胡调得十分厉害。

白芒问清楚了,便也到大西饭店来,开了一个第八十八号房

---

① 旧时妓女应召出外陪嫖客饮酒,叫出堂差。

间,恰巧在八十九号隔壁,预备去窃听他们一番。又见时候还早,便叫了茶房进来,问问他:"隔壁的一间,可是你管的?"

那茶房答应道:"是的。"

又问:"听说他们是姓高、姓万,共三个人来租的。可是吗?"

答道:"不对,那是西井洋行买办万茂古来租的。其余的都是客人罢了。"

又问:"客人常来的只有这二人吗?"

答道:"除了二人之外,那陆军少将杜赞回,有时也来的。我还记得,有一次杜大人来了,他们四人,关紧了房门密语。这一晚也不碰和,也不吃酒,讲了足足有二个多钟头。末后他们叫冲茶,我进去时,见他们围在一张桌子上,铺着几张纸儿,似乎在那里拟章程稿子呢!后来那万买办忽然走了,隔不多时,掩掩藏藏地带了一件东西进来,踏进房间,又把门锁了。我好奇心发,要去观个仔细,便到这间房间里,隔着板壁一看,吓了我一跳。原来乃是一支手枪!我心知不妙,待要去报告经理,转念一想,他们军官带手枪,没有大不了的事的,便不说出来。后来果然也没出什么事。"

白芒当时听了,不胜之喜,打发那茶房出去。这晚还想听些情由出来,仍旧候在那里。果然到了八点过后,听得杜赞回的声音来了。他们碰起麻雀来,白板中风的声音不绝。

白芒不喜此道，听了格外头痛，只得忍耐着。

果然碰到中间，杜赞回想起这事来了，对万买办说道："茂古，你说那一天马桂祥的代表，曾装着九江的客人，到你行里去过吗？这当真是可疑了。我看那马桂祥，面上和平，骨子里有些靠不大住。不要被他公事公办，板起脸来，这就可虑了。"

万买办大笑道："谅他有多大的能力，只须多花些钱，天下没有买不到的事啊！"

于是四人又叉起麻雀来，始终不曾再提此事。

白芒得到这些证据，也就够了，便走了出来，直到马桂祥那里，一五一十告诉了他。

马桂祥十分欢喜，嘉奖了他几句。

白芒也十分得意，静待这一件事发作出来，自己稳稳是一个头功。

不料等了一天，又是一天，总不见有何动静。

这一天，忽见新闻纸上，北京通信栏内，有一条记着这一件事，说道：

陆军部前因上海卖买军火案，特派委员赴沪调查，闻已有电至京。据云所查之事，系出无因。详细情形，该委员不日来京报告云。

白芒一看，大惊失色，急忙赶到马桂祥那里，想去问他个详细。

却见马桂祥正在整理行装，预备返京，见了白芒便笑道："白芒兄，你的侦探手段，却是大有功劳。倘不如此，不知还要耽搁几时呢？"

白芒忙道："我正在不懂。今天的新闻报里，明明说你去电至京，报告事出无因，这是什么缘故呢？"

马桂祥大笑道："这正是一种美满的结果呀！你竟不明白吗？这样一来，四面八方，都不伤感情，却是最妙的办法啊！闲话少说，你这一次出力，着实帮助我不少。这里是一千元的票子，算你的酬劳费吧。"说时，拿一张银票，交给白芒。

白芒大惑不解道："我越弄越糊涂了。我看你办理这事，未免也觉得太糊涂了！"

马桂祥笑道："我看你是大糊涂，我是小糊涂。大糊涂碍事，小糊涂反而大有益处的。你难道当真不知道这一千元的来处么？横竖不要我出的。你收了吧……"

看官，你道他们两个，到底哪一个是大糊涂，哪一个是小糊涂呢？

来者谁

白芒皱眉不语，心里暗想："这一次的案子，却是非常的奇妙啊！而且在历来所办的案子中，也可算得最难着手的了。但是以关系之重大，便也不得不勉力一办。"

在上一次"卖买军火案"内，替马桂祥出了力，果然大有用处。政界之中，渐渐也认识了白芒，所以这一次史惠法公馆里，出了这件异常的事，史惠法自己觉得，凭包探与警察的力量，万万办不了这事，便想起白芒来了。

但是白芒对于此案，虽觉得史惠法推念之殷勤，同时也觉得办理之困难，手中拿着史惠法递给他的一封信，待细读一遍，或能研究出什么办法来。

这一封，乃在这天上午，史惠法在家中接到的。一个署名"刁书霖"的，没头没脑地从邮局中寄来，书中要问他借一万两银子。上面也没发信地点，只晓得自本埠寄来的。书中口气，也不

是借,也不是讨,也不是偷,也不是诈,却是命令的口气,词气非常厉害。那信上写着:

限汝于三日内,以银一万两,赎回汝之秘密。逾限不赎,即将宣布于新闻纸。此秘密云何,汝当知之久矣。

刁书霖

白芒读了,皱眉不语。这书中的语气,明明史惠法有一种不可告人的秘密,在这大奸巨猾刁书霖的手中。倘然不依他的要求,他竟会把这秘密,或是这秘密的一部分宣布出来。这就难了!

第一,不知吏惠法的秘密,究竟有何等重要的关系;第二,不知这刁书霖,究竟是何等样人,竟敢如此大胆,出头露面地写信具名;第三,这书中既没有通信地点,又没有接洽处所,这又从何办起呢?

当时踌躇一回,才对史惠法说道:"依我看来,只有两个办法,可以对付他。"

史惠法喜道:"竟有两个办法么?我愚蠢得很,竟连一个办法也想不出来。请问这办法如何?"

白芒道:"第一个办法:倘然这秘密无关紧要时,便可用得,只消给他一个不睬不理,由他宣布也罢,不宣布也罢,只当没有这件事。"

史惠法连忙摇头道："这个使不得！那秘密虽不知确实，是哪一种秘密，但想必与我有些关系的，不能贸然给人家宣布出来。"

白芒道："那么只能适用这第二种办法了，却也十分便当。只消预备一万两银子，老实不客气，同他开谈判，把秘密买回便是。"

史惠法失望道："要是那秘密果然关系重大时，也只有这个办法了。现在苦的不知究是何种秘密呢！白芒，难道除这两种办法之外，没有别的办法么？"

白芒道："法子虽有，但也施展不出来，只可说别无他法了。"

史惠法讶道："施展不出来么？这是什么缘故呢？"

白芒道："便因不知这秘密的内容如何，而且你也不能十分相信我的缘故。"

史惠法十分吃惊，问道："我不能十分相信你么？这又从何见得呢？我自信将这件事交托你办理，没有不信托你的地方。倘有不信时，也便不叫你办了。即如秘密的内容，的确连我自己也不曾明白，否则也就告诉你了。"

白芒道："便是这一些不能相信我。以我所料，这秘密的内容，你必然彻底明白的，只是不敢告诉我罢了。现在既是你不能相信我，我便也不能承办下去。请就此告辞，另请高明吧。"

白芒愤然起来，取了桌上的帽子，告别回去。他心里也明白，这一趟差使，的确是扬名誉炫本领的好机会。无奈事情棘手，不如先掼手一下子，预料史惠法心里着急，倘至无可如何的时候，必定要来找自己的。这就叫作欲擒故纵之法。

白芒一路回来，走到杜美路五十号家里，踏进自己书室，忽见书桌上边，搁着两盒子精装锦匣的糖果，系着一张名片，明明是有人送给他的。

白芒觉得奇怪，为什么无缘无故，有人送起糖果来呢？便取起那名片一看，不觉大吃一惊，那名片上三个大字，明明是"刁书霖"三字。不暇再细看，急忙振电铃，叫那仆人来，来问他这东西哪里来的。

那仆人答道："便在你回来之前，不到五分钟，有个人送进来的。还有一封信呢，也是同时来的。"说时，指着那桌上的墨水纸夹中，果有一封信在着，一看笔迹，与史惠法处见的一样。

立即拆开看时，那信中说道：

足下于吾事，能毅然撒手，其智不可及。特赠上等糖果两盒，以谢盛意。此物新从巴黎带来，味颇可口也。

刁书霖

白芒倒抽了口冷气,一想:"这厮倒来挑拨我了,书中口气,似嘲似笑,令人难堪。难道我白芒当真怕了他不成?不妨试试手段,到底谁比谁厉害!"

第二天早晨,果然不出白芒所料,史惠法气急慌忙地赶来,一见白芒,便道:"白芒先生,昨天多多得罪,幸勿见怪!今天早晨,又接到这张条子,事情越紧迫了。非你老兄,竟无可设法了。你看吧,这字条的语气,竟非常之厉害。这真怎么办呢?"

白芒接了字条看时,一望而知,与连次通信,属于同一手笔。字条上说:

汝昨与白芒商酌,筹防护之策。奈白芒惧却,汝其殆矣。虽然,白芒即从事于此,岂能阻我行事哉?今限至明夜子午,必须履约。汝只须张一灯笼于后晒台,我当及时而至,当面接洽。汝当忆之,明夜十二时,是最后之限期也。

刁书霖

书中的语气,竟没有斡旋的余地,而且胆大妄为,目无法纪,真猖狂极了!

白芒十分愤慨,对史惠法说道:"看他来信,简直是目中无人,到如此地步。我也不能再缄默了。史惠法君,此事我当竭力办理,你放心便了。现在第一步办法,先要把他引出来,才可以同他宣战。否则他隐在黑幕之中,我立在光天化日之下,随便如何,斗不过他的。我看不妨依他信中写着的办法,张一只灯笼,在你后晒台上。他见了这个信号,必然要来寻你的。那时只消等着他来,一鼓而擒之,便可设法把他的秘密东西抢下。到那时,他便没法可施了。"

史惠法大喜道:"这法子果然不错,准照此办去便了。"

白芒道:"他来的时候,必不肯早,大约须在明晚十点以后。我却不能等在你处,须到那时,从后门偷偷地进来,不可被他们知道。我想他的消息,必然很灵的。倘一不小心,被他知道了我在此处,事便糟了。"

史惠法道:"这样也好。但是无论如何,必须要先他而到才好。"

白芒道:"那自然不会误事的。现在先要到后晒台上去,探看一番。"

史惠法答应,于是两人便走上扶梯,弯上后晒台去。

这晒台虽然高出屋面,但是四面一望,竟看不出哪一边是马路。只见重重叠叠,都是人家屋脊。近一些的房屋,也可以从窗户中,看见他们的房间与陈设。但是从反面着想,倘然有人住在近处的房屋中,也可以看见此地晒台上的情形了。

白芒看了一番,心中已有成竹,便对史惠法说道:"等到今天晚上,你燃了灯笼,我再来看吧。"

于是两人回身下来,白芒便在史公馆用了中餐,午后即一人出来,在近处察看。

这史公馆在小南门西仓桥,乃是一所五上五下二进的大宅子。但是附近四面,都是些一上一下,或是一间铺面的小屋,户数繁多,竟难于着手查访,也只得罢了。

这一晚八点左右,史惠法果然燃了一盏灯笼,挂在后晒台上。

白芒与史惠法二人,隐身在黑暗之处,四面观看,只见四面八方人家的房间中,都点着灯火,有几家炊烟缭绕,正在烧夜饭呢。也有几家牌声大作,正在雀战甚酣。

看了一回,没有动静,史惠法有些不耐烦了,对白芒道:"天渐渐冷起来了,我们下去吧。"

白芒道:"好。"于是两人下来。

史惠法皱眉道:"看了半天,也没有看出什么呀!"

白芒道:"我却看见一件事情。你不见家家都点着灯火,独有一家没有灯火么?"

史惠法道:"这也没有什么关系啊!"

白芒道："关系很大呢！你想这里四边，都是些一上一下的房子，正在吃夜饭的时候，岂有一个人也不在家的道理？倘然有人在家，总不会一盏灯火也不点的。这样看来可知是故意把灯熄灭着的了。为什么要把灯火熄灭呢？岂不很可研究么？"

史惠法大悟道："是了，必是那边有人看着这里呢！一见灯笼点着，便去报告，又恐人家见他面目，所以把灯火熄灭了。是不是呢？"

白芒道："对咧。方才我约莫测算过，大约正在隔壁和光里第四家。明天我得过去探访一番呢。"

第二天早晨，白芒果然赶到和光里来，找到那第四家，便在门前细细观看，不料竟发现一件奇事。

那石库门双门紧闭，上面钉着一方小小的铜牌，标着"林时铫寓"四个字。

读者诸君，想还记得，本书首篇"白芒侦探第一案"内，不是有一个白芒的同学林时铫么？不道他的寓所，现在此处。

白芒便也不再疑惑，便即上前去敲门。

那开门出来的，乃是一个半老妇人。

白芒便问她："这里可是姓林吗？"

那人对白芒上下一看，才答道："姓林的在楼上呢！你先生不是姓白吗？"

白芒大惊道："真是怪事！我姓白，什么人告诉你的呢？难道有人知道我今天要来吗？"

那妇人道："对了，昨天晚上，林先生早就关照过，今天早上，有个姓白的要来找他。"

白芒心中大为疑惑，只得走进，一直上楼，早见那林时铫立在扶梯上候着，叫道："白芒兄，久会了！我今天早已晓得你要来了。"

白芒且不答话，只点点头，一直上楼。

只见那房间只有一间，乃是一上一下房子的楼面，陈设颇为简单，只有一张床、一只桌子。那桌子上只有笔墨、书籍等件。

白芒坐下，才向林时铫道："你什么晓得我今天要来呢？你不是变了未卜先知的仙人了么？"

林时铫笑道："我虽不是仙人，我的朋友，却差不多可以算得仙人，不论什么事，经他预料，没有会差误的。"

白芒推开椅子，立起来道："你的朋友，不是姓刁，叫刁书霖的吗？"

林时铫道："一些也不差。"

白芒道："如此说来，你的朋友，正是我所欲得的人了。你可知道，他做的事吗？"

林时铫道:"这倒不知道。他做了什么事呢?"

白芒道:"他挟了一种秘密,诬诈人家的银钱。他的胆子既大,而且料事也十分厉害,何论什么事,他都能预先知道的。"

林时铫道:"竟有这等事吗?现在他不在这里,少停等他来了,不妨同他到你府上来。我想他为人光明磊落,必然不会惧怕不来的。不知你什么时候在家?"

白芒道:"如此好极了。我今晚尚有一些小事,但在十时之前,必不出门的。"

林时铫道:"这倒为难了。那位刁先生,却也不能早来的。每日他回到家里,至早也要九点钟。我们这里,到你府上,道途遥远,至少也须三刻钟工夫,到你那里,将近要十点了。"

白芒皱眉道:"这怎么好?至晏欲在九点三刻之前才好。"

林时铫道:"这样吧,以九点三刻为限,倘到那时不来,你出去便是。"

白芒与林时铫约定,告别出来,又到史惠法处,告诉史惠法:"今天那刁书霖来此之前,尚须与我一面呢。便是他的驾临与否,尚未可必,也须视今天谈判的结果若何而定。"

史惠法急道:"但是无论如何,你必须要来的啊!"

白芒道:"那是自然,准在十点左右到此便了,但不要忘了开那后门呀！"

诸事妥当，白芒走出，心中无限欢喜，便一径返家，预备晚间与刁书霖开谈判时，怎样地对付。

再说史惠法，当天晚上，吩咐仆人，今天的晚餐，须得格外早一些。

晚餐后合宅宣布戒严，不论何人，不准进出，更须随时留心，防备陌生人进来，而且要随时警备着。倘然警铃一响，便是书房中来了贼人的暗号，不妨一齐拥进来，整备捉住那贼人。

史惠法办理防务，恰有经验，他也想到，倘然那人不到夜半便来了，已经如此预防着，也不妨了。

各人都关照定当，史惠法便自己一人，走到书室中来，坐在一张圆椅上，手中预备一支手枪。

那沙发的旁边，便装着一只暗电铃，一有警信，只消随手一揿，便可号召阖宅的仆人了。

七点钟敲过了，晚餐已毕，阖宅中许多仆人，都已预备定当。

寂静无声，史惠法又关照，不论什么人，倘不揿铃，便不许进书房中来，诸人答应。

这时已七点半钟了，史惠法一人，坐在沙发上，随时看看窗户，有没有动静。

他暗自好笑，像这般地防着，那刁书霖便有飞檐走壁之能，也难进来的了。

他便想起,那刁书霖写来的信中,所言秘密之事,想必是太平洋秘密借款的事了。

"当初订定此约时,我原也知道,损失国家利权不少,但是我个人的一生幸福,均在此一举,便不得不忍心一干。现在外面虽然约略知道此事,决然料不到,我史惠法竟是此约的主动人啊!千不该万不该,那我亲手所录秘密的草稿,不该遗失,四面找寻不着。我为了此事,提心吊胆,坐卧不安,只恐此纸一发现,我的名誉事业,完全要失败了。却不料会到那刁书霖的手中的……"

史惠法正在胡思乱想,忽然电话机的铃声响起来。

史惠法急忙拿起听筒,问道:"你是哪一个……是白芒吗……八点半钟来吗?再好没有……仍旧照昨天说的办法吗……后门觉得秘密一些……是了是了……再会……"

史惠法把听筒放下,心上的不安,也觉得稍为好一些。白芒能早一些来,却是最稳妥的办法呢。但是恐怕刁书霖在八点半之前来了,便怎么样呢?

这时又拿出表来看看,正在八点另五分,史惠法暗暗庆幸,距白芒约定的时点,止有二十五分钟了。白芒一来,便不怕怎样了。

那秒针一秒一秒地过去得很快。八点一刻了,廿分了,廿五分了。于是念六分,念七分,念八分,一分一分地过去。

等到最后一分钟时,史惠法便立起身来,开出门去,直奔到后门口来。

去了门闩,开出门去,忽见一人站在后门口,见门开了,一声不语,便走了进来。

史惠法大吃一惊,仔细一看,真是白芒,这才放心,当时也不言语,关了后门。于是两人回身走到书室中。

随手把门关上,史惠法这才说道:"白芒兄,幸亏得你来了,不然我正在担忧。倘然那贼人早来,事便糟了。"

史惠法话未说完,只见那白芒把身上的大衣取去,头上的帽子也去了,又取去了假发,竟完全不是白芒了!

史惠法大惊失色,知事不妙,便慢慢地挨身到沙发旁边,想去揿那电铃。

不料那人笑道:"史先生,你不用揿那电铃了,电线早已割断咧!便是那沙发上的手枪,也没用咧,里边的子弹,早已取去了。史先生,你不用把我当作仇敌一般,我却是正正经经地来同你开交易的谈判的。且请坐下,不妨细细商酌商酌……啊呀!这样看来,你知乎失了做主人的本分咧!吾还是第一次到此来,你理当茶也倒一杯给我呀!既然如此,我不客气,只得自己动手了。"

二人坐下,史惠法对那人看看,战战兢兢,一句话也不敢说,还假装着随随便便地向四面留心,想个脱身的地方。

那人从身边掏出一张名片,交给史惠法道:"我来了半天,你还不曾认识我呢,我不妨自己引进了。"

史惠法看那名片上,正写着"刁书霖"三字。

这时史惠法见他来意不恶,便也不再恐惧,问他道:"刁君,你不是写给我两封信吗?信中提着的秘密,果真在你处吗?"

刁书霖道:"正是。这秘密正是你亲笔所写的,那'太平洋秘密借款'一案。其中关系的人,固不止一个,但是主动的却是你,而且那草合同的底稿,也是你写的。那张字纸,经了无数的周折,现在却在我的手中了。倘然你知道它的关系重要,那么出一万两的代价,却是不贵呀!"

史惠法道:"但是那草稿的底子,那一年北京大火,把我的住宅烧去一部分,这纸也早已烧了。"

刁书霖摇头道:"哪有烧去的道理?你可曾找到它的遗迹吗?以我所知,当时火烧时,虽把许多东西烧毁,只是那藏文件的铁箱,却未曾烧去。但是后来核点文件,单单不见了这一张底稿。史先生,可不是吗?倘然这底稿宣布出来,眼见得有一个社会上名誉很好的高等政治家,顿时要变了国民的公敌了。那时国民的唾骂,自不必说。新闻纸上,也将长篇大页地登载许多讥笑的议论。到那时也就懊悔无及了。"

史惠法道:"倘然我向你买回这秘密,定要一万两吗?"

刁书霖道:"一定要一万两,一些也不能减少。其实只抵得你的身家名誉千分之一而已。"

史惠法道:"但是这里一时没许多的现银子,怎样是好呢?"

刁书霖笑道:"你不要骗我了。我早已晓得,你今天在沪江银行里取了一万两的现钞票了。"

史惠法到此,觉得那底稿的重要,出了一万两银子买回来,果然不贵,于是慢慢起身,开了一只抽斗,里面正放着一百两一张的钞票一百张,拿了出来,交给了刁书霖。

刁书霖收好,放在袋里。

史惠法突然记起,那文件还没有拿回咧,不觉着急起来,忙问道:"东西呢?"

刁书霖笑道:"不要慌,在这里呢。"说着,从袋中拿出一个新闻纸包来,又对史惠法道:"现在你须送我出去了,仍旧从后门走。等到了门外,我便把东西给你。请你不要怪我留难,实在身处临地,万事不得不预防着。"

史惠法无奈,只得答应。于是两人一同出了书房,一路送到后门。

刁书霖回身道:"史先生,再会了。这东西拿去吧。但是你要记得,今天的事,不能追究。倘然声张出来时,就怪不得我,也要把实情宣布的。"说罢,一回身早已如飞地去了。

再说白芒候在家中,看看手表,非常着急,只恐林时铫不来,时候将要到了,格外担心。又隔了一会,书房中的自鸣钟,那长针已指着九点三刻了。

白芒不能久等,想要披衣出去,忽听启门的声音。

白芒自去开门,只见正是那林时铫,却只一人前来,便问道:"那人不来吗?"

林时铫答道:"几乎错了寸刻,且进去再说吧。"

白芒着急道:"但是我与他有很要紧的事情谈论呢,而且还要出去。"

林时铫道:"我来把事情来细说给你听吧,只消五分钟好了。"

白芒无奈,只得说道:"如此你且说来。"

林时铫道:"第一,你须晓得,史惠法的秘密,乃是属于个人的名誉问题,别人是不用过问的;第二,刁书霖向史惠法借用一万两银子,倘然史惠法情愿出钱时,别人也不用再阻止了;第三,你须明白自己的本领,倘及不到刁书霖时,便也不必向他作对了。这三句话,你须记了,虽然是我林时铫对你说的,但也可以算得是刁书霖叫我来对你说的。我话也说完了,你也有事要去了,再会吧。"说罢,便点了点头,一竟去了。

白芒虽是愤怒,但也不再耽搁,一直到史惠法那里来。

这时史公馆中,正在纷纷扰扰的当儿。

史惠法见白芒一到,忙叫道:"快些来吧,上了当咧!那刁书霖竟会冒你的名,到此来的,一万两也被他骗去。这一包东西,他说便是秘密文件,但是完全不对,只是几张破报纸罢了。你道出了这许多银子,买这些东西,冤枉不冤枉呢?"

白芒忙问:"那刁书霖是怎样的一个人?"

史惠法一一说了。

白芒想了一想,才大悟道:"我又上了当咧!这人不是我的朋友林时铫么?现在事情渐渐明白了,那刁书霖便是林时铫的化名。'刁书霖'三字,颠倒读起来,不便是'林时铫'么?本来这人异常聪明,在学校中常常考第一的。我当时因气不过他,想同他作过,不料反上了他的当。后来有个XYZ来同我取笑,想来也是他了,我倒不知道他为何时时要同我作对呢!"

白芒十分懊丧,手里拿起那些破书报纸来,忽然发现一张字条,有刁书霖名字在上,忙拿起,看时只见上面写道:

史惠法所惴惴之秘密实已被毁,知此事者,只三数人。今日既拜领巨金,当永秘此事,为卖国奴遮羞耳。夫卖国奴亦伙矣，焉能一一暴其行乎？

刁书霖

出乎题目之外

坐在书桌对面的那一位高鼻深眼的侦探队长褚竹智，口里含着一根价值五分一支的起码雪茄烟，一面孔不以为然的神气，很用力地对隔桌坐着的主人说道："但是无论如何，这犯罪事实的反对方面，却有三十六位证人啊！"

白芒闻言，微笑不答，很不注意地看着手中的新闻纸，鼻梁上架着一只单面眼镜。不用说，他的眼镜，并不是为阅报而戴的。而且他的看报，也并不是为了什么而看报啊！

他心中暗想："这侦探队长可笑得很，不但不足以为我探查的助力，反足以为我的阻碍呢！"但因此时正有借重他的地方，不便当面辩难，只得很含糊地笑了笑，答道："现在事情还没有十分明白的当儿，也不能说定谁对谁不对。只有一件事，要请你帮我一臂的，就在明天公开审判的时候，须请你设法，不要使堂上便加判决。这件事其实也不很难办，只须你当堂宣布，搜查证据尚未完备,便能见效了。实在事主方面嘱托我办理此事,来得太晏了,各种手续,尚未进行,倘然竟然被堂上判决来,不是事情要糟了吗?"

褚竹智听了,不觉皱眉道:"如此说来,事主沈南钦方面,已有人来请你探查了?"

白芒道:"不差,便是他的兄弟沈北钦。这件实在两难。那沈北钦虽是受害者的兄弟,却又是那凶手钱合丕的好朋友。所以他的意思,以为钱合丕决不是凶手,叫我替他另筹出路。但是我却不能贸然答应他,总须找得实在情形,就事断定。褚君,你道是吗?"

竹智听了,顿时面上露出欣喜的神色,扬声道:"是了。他的意思,倒与吾相同呢!但是有一点绝对不同的地方。他们的议论,总不过意想推测,我们却不能贸然发言。凡事总有根据,便像这一件事,他们的猜想,虽与我的理论相同,但是他们无根据,我却根据于三十六个证人之言,那便是不同之点了。"说罢,笑了笑,立起身来,又道:"我还有别事,不能久待。我们明日公堂上见吧。"

白芒蹙额道:"我也有许多事要办,只恐明天来不及就绪。公堂上的事,须要请你帮忙了。"

白芒送了褚竹智出门后,回到书室中,开了抽斗,拿出一封信来读着。

那封信便是那沈北钦寄来的,那信写道:

(上略)家兄南钦无端被害身死一案,业已传遍社会,谅先生必有所闻。惟此事真相,外间犹难十分明了,兹为先生一述:

家兄向在大东烟草公司为经理之职。近来该公司营业发达,以致家兄之名誉,亦随之日起。惟家兄处事,向取严格主义,以致公司中办事之人,莫不惴惴自惧,恪谨从事。

有钱合丞者,原系北钦之同学,荐于大东公司为交际之职。近来因游荡之故,被家兄辞退职务,此亦各公司中常有之事。不意上星期,即钱合丞辞歇之后一星期,家兄于晚间十时返寓时,将近家中,忽被狙击,弹中要害,立即毙命。此事发生后,即有人疑系钱合丞所为。

后有人证明,是晚八时许,见有一人头戴伯拉马草帽,身穿湖色华丝葛长衫,目戴墨晶眼镜,在附近走过。此种服装,虽为钱合丞所常服,但同样服装之人,世所常有,固不能确指为某人也。

钱君读书人,谅不致如此行为。且在此案发生时,钱君正在赴宴,有同席者三十六人可以作证。然大众已引为嫌疑,钱君业已被逮，虽有侦探队长褚竹智，不肯深信，恐亦难于翻案耳。

　　惟弟则认为别有真凶，故敢吁请足下一为侦查。倘能水落石出，则生死衔恩，没齿不忘也。

沈北钦　启

住新重庆路二百卅七号

　　白芒看了看手表，长针已指在四点三刻。他转定主意，便拿了一根司的克，踏出大门，一路向大东公司而来。

　　大东公司便在鲁班路左近，从杜美路到那里，没有多少路，所以他便不叫车子，步行而往，心想他的老同学闻信，不知可在那里不在：倘在那里，事情便容易办了，只消暗中打听，便可明白；倘然不在，便不得不正式发表来意，一个个盘问，却是反而不容易得到真相。且看情形，再作道理。

　　一回儿已到了，但见高大的厂屋，矗立目前。斗大的字，写着"大东烟草公司总厂"八字。

　　白芒便走进去，问了门房："闻先生可在这里？"

　　那门房答道："闻先生正在里边，但已届公事完毕的时候或者他已先走，也未可知。你要去看他，只消到三层楼扶梯对门的一间室内，便是他的办公室。"

白芒记明了，一人走进总厂。走上大扶梯，到了三层楼，果然看见对面有一扇门。那门上的玻璃面上，写着几个中外字母，乃是"交际科办事室"。

白芒大喜，知道他的老同学，恰巧在交际科办事，要问他沈南钦的事，必然知道详细的，便推进门去。

只见那闻信，早已穿好马褂，立在写字台边整理着桌上的文件，预备要走的样子，一见白芒进来，忙招呼道："恰巧公事完毕，我们一同去吧！吃些点心好不好？"

白芒推辞道："不要客气，我为了一件事要来请教你。敝寓很近，不如一同到寒舍去谈谈吧。"

于是两人出来，一直到杜美路五十号来，白芒书室中坐下。白芒便开始问他，关于沈南钦的事情。

闻信一听，笑道："原来为这一件事。凑巧得很，唯有我知道得最详细。可惜他们经办这件事的，都不肯来问我，否则早已水落石出了。"

白芒大喜道："既然如此，你何不出来做个证人呢？"

闻信摇头道："我与那凶手无冤无仇，而且其中关系一个人的名誉，何必要我来多管闲事呢？"

白芒便道："既然如此，你总算是我的老同学，不妨对我明白说出，省得我暗中捉摸吧。"

闻信道:"我说了也罢,唯你不可对人说出,是我所言。现在第一件应表明的事实,便是那真正凶手,确是钱合丕。但钱合丕杀人的目的,并不是为了被辞而怀恨,却因破坏了他的婚姻之故。"

白芒吃惊道:"破坏婚姻吗?这事从何说起?"

闻信道:"而且还夹杂沈南钦兄弟沈北钦在内。以吾所知,钱合丕的袭击,实在应当对于北钦而发的,南钦不过是误杀而已。此事本不应说,但在秘室之内,不妨出我口,入你耳。你道这事的起因何在?却原来是为了一个妓女啊!"

白芒越弄越糊涂,越不明白了。怎么又有一个妓女呢?此时只得静听,不插一言。

闻信这才慢条斯理地依序说道:"我很简单地说给你听了吧。原来有个妓女,名唤荷翠的,真是个惑人的妖精。伊先与沈北钦要好了,便想嫁给沈北钦。后来与钱合丕要好了,又想嫁给钱合丕,所以便闹出了这件事。只因沈北钦虽知道钱合丕与荷翠的事,至于钱合丕,却不曾明白北钦的事,所以北钦想出个法子,暗暗告诉南钦,把钱合丕的生意辞掉,连带对于荷翠的婚姻,也就中止了。荷翠口口声声,不愿嫁给他了。钱合丕气愤填胸,没有法想,迁恨于沈南饮的辞歇生意,哪知是北钦的恶计,所以只思暗杀南钦,以泄气愤,不料却是北钦的主谋啊!"

白芒听了半晌，点点头道："这才有些意思了！有人说，钱合丕乃是冤枉，真凶却另有其人。此言吾始终不信，现在才见我的预料不差。只是一件，他们说那出事一天，钱合丕正赴一个宴席，出事的时候，尚未散筵。此事有卅六个同筵席的客人，可以作证。这却是何故呢？"

闻信道："这件事，也有一重黑幕在内。那天吾也在席上，所以也便是卅六位证人之一。但是明天的公堂上，却不得假作谎言，证明钱合丕在席。其实那天他又何尝在席呢？那天来的，乃是他的兄弟钱合丞，生得相貌不相上下，除了几个亲近的外，谁能辨别得出真假呢？所以大多数的人，只道是他自己来了。我起先不明他的用意，后来出了事，才知道是故意如此的。"

那闻信说到此，忽然转为滑稽语调道："这也可以算得少数服从多数了。有几个在席的，听得钱合丕的事，只道是实在冤枉的，便觉责任重大，义不容辞，赶忙登报声明，证明是日确是同席，其实却中了钱合丕之计。被他们一闹，吾们几个知道底细的，不好说明真假了，说了反而报怨惹祸，不如不说为妙。所以糊里糊涂，便有三十六位证人之传说，而成案中重要之点了。"

白芒跳起来道："有这许多事么？不能耽搁了，必须赶快告诉褚竹智，不要被它误了事。"说罢，回身便走，出门跳上黄包车。

直到褚竹智住宅，走进书房，一见褚竹智，便把这事从头到尾，气急慌忙地说给他听。

说完了，不料褚竹智淡淡回答道："这些话听倒很好听的，似乎是小说中的情节呢！恐怕实际上不会有这样曲折吧。白芒兄，你不要被人家骗了，上人家的当。天下哪有证人既证明了甲方，又证明乙方的道理？足见这个人反复无定，不是个君子，难于信他的话了。"

褚竹智说完了一片大道理，简直也不容白芒再说话，便走了进去。

白芒眼睁睁望他进去，气得无话可说，只得退出来，心想："只有去告诉沈北钦了。这事关系他老兄的真凶问题，而且是他写信给我，请我调查的，必先去向他说明才好。"便走到新重庆路而来，寻到那二百卅七号，敲门进去，见了沈北钦，便隐隐约约把这事告诉他。

白芒很热烈地对沈北钦看着，不料沈北钦说出一句话来，弄得白芒莫名其妙。

他说："白芒先生，你的说话，出乎题目之外了。我的信上，不是写着'钱君没罪，请你别求真凶'吗？你怎么拿这些话来搪塞我？"

白芒着急道："我是据实而说呀！岂能说是轶出题目呢？"

沈北钦道："还不算轶出题目吗？譬如我出了一个题目，叫你说太阳的好处，你偏偏说太阳的坏处，岂非'出乎题目之外'吗？也可说'文不对题'哩！"

白芒不耐再听，便逃也似的跑了出来。他前后一忖，恍然大悟，心想："沈北钦的意思，岂不是明明惠恩于钱合丕？自己真是糊涂，不能明白他的意思，反去撞了一鼻子的灰。至于明天的结果，不问可知了。他们既然如此，我又何必插身其间呢？"

他自言自语道："真笨啊！这一些道理也想不出吗？他特写一封信来，叫我去别求真凶，明明有他的用意在内。他要表明自己的心迹。这种举动，确是题中应有之义咧！"

不愿意的礼物

自从"史惠法秘密文件"一案失败以来,那林时铫化名的刁书霖,便成了白芒侦探唯一的劲敌。他的本领果然厉害,即使白芒不敢同他计较,他也要故意排拨,前来诱敌,倒弄得白芒欲罢不能了。但是在表面上,林时铫却依旧是白芒的老友,便是路上碰见了,也要招呼招呼咧。

那一年六月将尽,上海各新闻纸,忽然载出一种新闻说道:

著名音乐家兼跳舞家包舜士女史,顷闻已与林时铫君订婚,择期七月七日,在云南饭店举行婚礼。林君曾在西方大学法政科毕业,近从法国游学归来,现任本国律师职务,包女士素称"社会之花",正是一对璧人,天生佳偶,届期想有一番热闹云。

这一条新闻，给白芒看见了，顿时思潮忐忑，暗想："林时铫本来是自己的同学，虽然他用了'刁书霖'的假名，与我作对，可是作对的乃是刁书霖，老同学仍是老同学呢！不晓得他这次结婚，可有请柬给我没有？倘然竟发请柬给我，说不得也要送一份礼物去了。"

他正在胡思乱想，不料一个仆人推门进来，手里恰巧拿着几份喜事的请柬。

本来上海的喜事，往往挤在一起，所以在春秋佳日，交际略为广阔一些的人，往往有许多请柬的。

白芒接来一看，这一叠请柬之中，果然有一张林时铫的在内。林时铫果然是个妙人，暗地里偏要和白芒作梗，面子上偏要和白芒要好。这也滑稽得很了。

可是白芒检点其余几份请柬时，突然发现一件奇事，不料其中竟有一张乃是刁书霖的，而且那请柬的格式，也与林时铫的一般无二，上写着：

七月七日，假座云南饭店举行婚礼，敬请观礼！

刁书霖　史心芭　同订

最奇怪的，这二张请柬所有格式、纸张，完全相同，只不过姓名六字不同而已。

此事其实也没什么难测。白芒心中早已完全明白，刁书霖固然是林时铫的化名，而"史心苞"三字颠倒读起来，不便是"包蕐士"么？不必说，又是那林时铫闹的玄虚，倒是白芒对于这一张请柬作何处置呢，有些为难了。

林时铫的婚礼，已经预备致送一份贺礼了，难道那刁书霖的婚仪，也要送礼不成？明明是一件事，发了两份请柬，岂非要送两份礼吗？

白芒想了一会，最后决定，对于林时铫应该送一份礼，刁书霖的请柬，只好置之不理了。但是在实际上，他要置之不理，却也不容易办到。

他正要翻动那第三张请柬时，忽然看见那刁书霖的请柬反面，还写着几个字呢，急忙拿起一看，直气得他发昏。你道上面写些什么？

大侦探对于仆之婚礼，想必有所赐领。然与其礼丰而多靡，不如物微而适用。顷闻富绅雍笏管，有珍珠蝴蝶针，将以属君保藏。此物颇玲珑可喜，且有历史的价值，用作新妇髻上之饰，殊觉适宜，曷勿以之贻我，借花献佛，谅亦大侦探所乐为也。

刁书霖

白芒看了，不用说气愤填胸，大发雷霆之怒。他晓得刁书霖的意思，正欲借此生事。而且富绅雍笏管，现在虽还没有把东西交来，请我收藏。那刁书霖必有法子可以使他照办，要是同他计较，只怕不是他的敌手。要是不同他计较呢，未免失了白芒侦探的威风，暂时只得不作理会。且看那雍笏管果有珍珠蝴蝶针送来与否，再定办法。至必要时，只得同他拼一遭了。

且说那富绅雍笏管究竟是怎样一个人物呢？原来上海滩上的富翁，不算稀奇，只要黄浦滩有了一亩地皮，便是二十万的家计，所以几十万的富翁，真不知多少。那雍笏管既然称到"富绅"，自然应该有若干万的产业了。说也好笑，理想和实际，恰巧相反。雍先生在商场中混混，几千几万地进出，不算稀奇。再讲到实在自己名下产业的数目，恐在计算起来，要在零位之下吧。只是他场面阔绰，手腕灵活，一时便也不易拆穿。他一生为人心机极巧，还有一个兄弟，叫雍德若的，当着律师职务，倘有疑难的事情，便去同他商议，因此办事十分妥当。

这一天，雍笏管正在雨记银公司办事，忽然接到一封信，拆开一看，里面只寥寥数字道：

  足下所藏之珍珠蝴蝶针，请速交白芒侦探收藏，否则有失窃之虞。

下面也无具名，也无日子，单单这几个字。

雍笏管看完了，心中顿觉不安，转念一想，这封信来得好奇怪，只是劝我把那珍珠蝴蝶针交给那白芒侦探。但是我的珠针，放在家里，不是很稳妥么？交给了人家，反而不放心。这种信只可算它儿戏罢了，便也不去注意。

原来雍笏管的珍珠蝴蝶针，颇有一些名望，这针上有十二粒精圆小珠，镶成一只蝴蝶，公估的价值，至少在一万五千元以上。为何这样贵呢？却有一个缘故。只因这枝针，乃是三百年前明宫故物，当时有个费宫女，带了出来，后来刺虎自杀，这枝针便留传人间，不知淹没了多少年代。

有一天，雍笏管看见一个乡下妇人，戴着此针，见它精圆可喜，出了五十元买了下来。经一个识古之士，根据着某种笔记所载的上项事实，断定它是一种历史上的纪念品。于是乎，它的名气便大了。

当时雍笏管接了这封无头信后，不以为意，随手把信搁置。

不料明天早晨，还未起身，斗地在枕头旁边，发现了一张字纸。那上面写着八个字道：

不依我议，悔将莫及！

那字体笔迹，恰与昨天接到的一信，完全相同。

雍笏管这才着急起来，自己卧室的枕头边，竟会发生这种怪事，显见那写信的人，竟有本领在黑夜中走到这里来，把这信安放在自己的枕头边，我一些也不知道。这样说来，不是竟也会有本领，把珠针盗去么？确是很危险啊！于是赶忙起身，找到了昨天那封信，一同携了到他兄弟雍德若那里来，同他商量办法。

德若把两封信看了，想了一想，问笏管道："你以前可曾听见过白芒这个人吗？"

笏管道："知道的。他本来是西方大学毕业出来的，后来替人家侦探事情，便成了个不悬牌的侦探，心思极灵，人也能干，不过时运不济，常常失败。我要是把这珠针交他收藏，原没有不放心他，只恐他遇到歪人，被别人算计，正在倒运的当儿，不要连累着把我的东西也失去了。"

雍德若笑道："既然如此，我倒有一个好法子在此。"

笏管忙问："如何？"

德若道："我想那写信来的人，未必不有意于此针。他叫你送到白芒侦探那里，自然是想从中取利。但你不妨将错就错，当真把珍珠针交给白芒侦探收藏，不妨纳些保管费用。好在他也不是泛泛无名之辈，只要他出了一纸收条，便有遗失，也就不怕他不赔。现在纳些费用，只算是保险而已。你道如何？"

雍笏管听了大喜道："这法子果然不错，准照此办法便了。"

于是雍笏管便急急赶回自己家中，把这枝针取出，一直到白芒那里来。

白芒正在书室中写一副泥金小对，预备送给林时銚的，一见来客的名字，大吃一惊，心想："刁书霖的计策，果然实行起来了。现在那雍笏管果然来了，他的来意，不问可知，是要将那珍珠蝴蝶针，托我收藏呢！"当下便开口笑问雍笏管道："雍先生，你今天的光顾，虽然不能说是预先知道，但早已断定这几天内你要来了。而且你的来意，也有一半知道，可不是要把你所藏的宝玩珍珠蝴蝶针，交我代为收藏吗？"

雍笏管听了一愕，对白芒睁眼望着。

白芒接着笑道："你不是疑惑是我诱你来的吗？其实不然。此中另有一人，正在施展手段，发挥他一种计划。你与我都是他计划中的人物，在不知不觉中随他摆布，你懂得这个意思吗？你托我保管珠针，乃是他的意思。我要是收受了你的东西，替你收藏着，那么也堕了他的术中了。但要是不接受不收管，未免失却我的信用，而且也未免示弱于人。所以现在最好的办法，不如请你对于我的办事怀疑起来，加以不信任，立刻把东西带回。于是那人的计划，不攻自破，要完全失败了。"

这一番话说得雍笏管非凡地佩服，几乎要依他的提议办理了，转念一想："方才同他兄弟商议的办法，很是妥当。倘然带了回去，一旦失了，向谁说呢？还不如交托于他，来得妥当。"想定当了便道："白先生，你说的一番议论，果然洞见隐微，十分佩服。我想你既然能够窥见他的意思，你也决不会见他惧怕的。我这枝针放在家里，甚不放心，还是放在你处。横竖你本领高强，必然有对付的方法的。望你不要推辞才好！"

白芒皱了皱眉头，仰面大笑道："我不道那刁书霖的法子，竟有如此效验，一步一步都在他圈套之中，不能脱离范围。这种确切的预定计划，确是可怕了。"

雍笏管惊道："刁书霖呀？难道你已知道那写信的人吗？你说他厉害，我说你也不弱于他啊！无论如何，你须替我担任保管了。"

白芒无可推却，只得把东西收下，出了一纸收条，交于雍笏管收藏，便把那珍珠蝴蝶针郑重放好。这且不要说起。

且说那一天七月七日，正是林时铫、包蕣士结婚之期，云南饭店中果然十分热闹，车马纷集，宾客盈门。这雍笏管因有一些交谊，也做了入座之宾。

白芒侦探不必说，当然要来观光的。他的目的，除了来观礼道贺之外，还要侦查林时铫与刁书霖的一出趣剧呢。

他四处留心窥探痕迹，不料在一间房内，找见一件趣事。原来这房间乃是第五号，水牌上竟明明白白写着"刁书霖，上海"五个字。哪能叫白芒不吃惊呢？但是一看房间内的人，都是林时铫家的客人，便也大胆进去。

只见里面也一样地悬着一个红缎幛①、一副泥金小对。再细看时，不料那幛与对子，均是自己的具名，而上款竟明明白白写着"书霖仁兄吉席之喜"云云。原来那幛对都是白芒送给林时铫的，给林时铫有意换了一个上款罢了。

白芒初见自然惊异，转念一忖，不觉大笑起来。这林时铫真滑稽极咧！他发给我的刁书霖喜柬，定要我送礼，竟会改头换面，有意来打趣我。一眼又见那门旁边一张梳妆台上面，放着一本红的礼簿，上面写着"亲友隆礼"四个字。打开一看，不料上面只

---

① 幛：上面题有词句的整幅绸布，用作庆贺或吊唁的礼物。

有第一号一个名字,第二号以后,完全空着。这第一号内所写的,竟是自己的姓名,大书"白芒侦探"四个字,下面注着:红缎喜幛一个、泥金游联一副、珍珠蝴蝶针一支。

白芒一看,大叫一声"不好",急待转身回去,看个究竟,到底那蝴蝶针可曾失去?

不料此时正有一人心急慌忙地推门进来,与白芒撞个满怀,险些儿二人都要跌倒。急忙站定身体,定睛一看,来者非别,便是蝴蝶针的主人雍笏管,一见白芒,急急说道:"白芒先生,事情奇怪。我托你收藏的东西,可曾失去吗?方才明明白白,看见那新妇的头上,别着那枝蝴蝶针,与我的原物一式无二。不要那东西有什么差池吗?快去看来!"说着,拖了白芒,直往外跑,走到礼堂里。

这时候正在结婚的当儿,军乐洋洋,琴声泠泠。观礼的来宾,寂静无声。只有司仪员立在旁边,高声叫着"一鞠躬,二鞠躬"的仪节,气象很是庄严。

白芒远远望见,果然那新妇头上所戴的,竟是自己家里收藏的蝴蝶针。但是在这样万目睽睽的礼场中,当然不能容他使出野蛮手段。况且事实尚未辨明,或是世界上竟有二枝同样的蝴蝶针,却也说不定啊!

他一想不着,便也来不及等到礼节完毕,便回身出来,跳上一部车子，赶回自己寓所。开了洋箱一看，所藏的东西，却是依旧存在，一丝不动，这才放心，断定方才新妇所载的，不是雍笏管的原物了。再想不料世界上竟同时有二件珍珠蝴蝶针，但是历史的遗留，却只有一件。当时费宫女所载的，却也不知究竟有几件？但是据雍笏管说，某种杂志上所载，却不听得有二件呀！

白芒正在胡思乱想，忽听得门铃响处，接着进来一人，正是雍笏管，一种慌张着急的神气，十分不安，只见白芒手中拿着那枝蝴蝶针，这才定了定心，坐下道："白芒先生，我方才确是疑心原物被窃，现在看来，竟是多疑心了。但是一样的蝴蝶针，为何有了二枝呢？岂不可怪吗？"

白芒道："这也没有什么道理。我想你的东西，因为有了历史的根据，所以值钱。他们的不过是几粒圆珠，最多只能说是有价之宝。至于式样相同，不过偶合而已。"

雍笏管果然相信，坐了一会去了。那东西依旧交给白芒收管着。

白芒正要把东西藏好，电话机上铃声大作。

白芒拿起问是何人，不料里面回答的话，竟使他大为吃惊。

原来打来的竟是神龙见首不见尾的刁书霖，很锐利地说道："你是白芒侦探吗……我与林时铫是一人是二人且不要去管他，总算是极要好的便了……你惠赐厚礼，谢谢！那枝蝴蝶针尤其特别感激……你也有一枝吗？哈哈！你的却是假的。真的在我处了……虽是假的，也值五百圆呢……横竖雍笏管也不是鉴古家，真假辨不出来，那一枝也足够他赏鉴了……你要凭证吗？有有，你看那原针的底质，乃是九成金的，现在一枝，却是杨庆和①的足赤了……不妨事。不去留心，是看不出来的……倒是你的厚意，不可不谢。你算是不很愿意，但于我却是一种极大的人情呢……再会了……"

---

① 杨庆和：即杨庆和银楼。

附

问疑于朱秋镜先生[1]

国爱葵

秋镜先生，你作的《糊涂侦探案》，意思新颖，设想奇特，我是很佩服的。只是在《半月》三卷二十二期[2]中所登的那篇大著《不愿意的礼物》上，我有点疑问，于今写在下面。

刁书霖确把真正的蝴蝶针盗去了，怎样盗去的，倒是一段很好而有趣的文字，怎的作者不发表出来呵？这样不说明了怎样盗去的，不但显不出刁书霖的精明和白芒的糊涂，而且也使读者疑惑啊！

一只值一万五千多元的蝴蝶针和一只值五百元的相较，它的

---

[1] 本文系民国时期读者国爱葵针对小说《不愿意的礼物》中一些细节的合理性问题所作的一篇"文字商量"，1924年8月25日刊于《最小》第六卷第一百八十号。作为回应，作者朱秋镜在同一期刊物上特别刊发了一篇《答国爱葵君》，予以解释和说明。
[2] 此处原刊为"二十期"，应系作者笔误。

价钱是三十与一之比，雍笏管虽不是个鉴古家，但是藏了多年的古物，又是很宝贵的物，总不能那么容易认过去啊！

秋镜君，请详复知！

答国爱葵君

朱秋镜

国君爱葵,对于拙作"糊涂侦探案"《不愿意的礼物》一篇内,提出二种疑问,足见目光精细,甚为感佩。兹特分别答复如下:

原作刁书霖盗去蝴蝶针时一节事实,未曾明写,此非大意,实因于结构上有不克明写之势。

至于该针何时盗去,原书曾约略流露。当雍笏管接到第二信时,曾有数语:"这样说来,不是竟也会有本领,把珠针盗去么?确是很危险啊!"其实此时真物早已被盗,易以赝鼎矣,是以白芒收藏时,已非原物。但此一节,倘在刁书霖结婚之前,平铺直叙描写出来,便无趣味。欲动人心目,只好留一个闷葫芦,迨最后被盗证实,始觉出人意外也。质之国君。以为何如?

珠针之价值贵重,因有历史关系之故。至于本身,实非有特别珍贵之处。譬如三国时曹操兵败逃之时，曾将胡须割去。倘使此项胡须，留传至今，必值重价。但在胡须本身，无甚珍贵之处。倘以同样胡须，与之相易，亦不难以伪乱真也。况五百元之假针，珍珠及底质，均非伪物。假的与真的，相去微几，完全在一些记认表识上分别而已。雍笏管既非鉴古家，当然看不出来。反言之，倘原针非经识古之士断定，与费宫女有关，在雍笏管眼光中看去，与五百元之赝鼎，实无分别，岂有混不过去之理？在事实上，固如此也。

一波三折

以下是白芒侦探最近写给著者的，一封借债还债的信：

（上略）我近来的境遇，实在困顿极了，根究原由，也可算是你造成的，所以现在无法可想，只得请你代筹办法子。

自从《糊涂侦探案》出世，我所办许多失败事件，顿时尽人皆知。世人不察，只道我办事糊涂，却不道是环境恶劣之缘故，从此门可罗雀，顾问无人。

生意一坏，我的经济就此恐慌起来。而且侦探的事业，既不能登广告自扬名誉，又不能大减价招徕生意。无可如何，只有出于举债之一法，但是哪里去借呢？倒是个先决问题。

我细细一想，靠着我灵敏的脑筋，居然给我想出一个妙法来。

大信银行里,有一位跑街①,叫席德财,是我向来认识的,不如叫他去设法,想必可以的。

果然跑去同他商量时,他一口答应。不到三天,他早与那经理沈不疑接洽妥当,只写了一张四百元的存单。款已到了手,此事似乎无甚曲折了。

不料才隔二星期,大信银行忽然倒闭。我一听消息,觉得似乎与我有益。这样一来,不是我的欠款,可以就此了结吗?我虽非有赖债之心,但是轻卸负担,到底是一件可喜的事。

大信银行倒闭一案,闹了许多时候,最后银行请白勒斯会计师清理账目。此项事由,已在各报上宣传好久了。

忽一天,接到白勒斯会计师寄来一信。我晓得四百元的事发作了,但也不以为意。本来不要去赖他的债,故无得失之心,但不过又要设法筹还才好。

哪晓得拆开信一看,顿使我口瞪目呆,作声不得。

原来信上大致说:关于清理大信银行倒闭案内,查有足下名下,所欠洋四千元,应请于七日内如数归还。否则即与

---

① 跑街:俗称专门对外接洽业务的职员,犹如现今的推销员、采办等。

起诉,幸勿自误云云。

我心中暗想:大信银行只欠四百元,何以忽然变了四千元呢?这决不是我糊涂,却是那会计白勒斯糊涂。于是赶快赶到仁记路七十七号,白勒斯会计师那里,调查原委。

见了一个姓陈的办事员,介绍我进去。得见白勒斯会计师,我便操着英语,把详细情形告诉了他。

他倒很和气,从一只书夹里,检出一件文书,翻了半天,才翻出一张原据来。

我从他的手中看时,果然是四千元,不是四百元。而且那张凭单号码,的确是原号码,一些不差。具名底下的图章,也的确是我亲手盖上的。

我们做侦探的,决不相信什么幻术的话,凡事总要推求出一个实在原因来。所以我对于这件事,也认定是一种奸谋的结果。

我当时收进时,的确只有四百元,而大信银行借出时,的确有四千元。其中三千六百元,必是给一个中间人调去了。此人非经理沈不疑,即跑街席德财,而尤以席德财最近情。

至于那张凭单,却也不难解决。四百元变了四千元,不是数目字涂改了,便是那张凭单完全改换了。所以当时我便要求白勒斯,暂时把那凭单给我察看。

我拿出显微镜来，很仔细地察看。那图章与四千元的数目字，果然给我寻出一点破绽来。原来那凭单上，通身的字迹，都是用东洋货天然墨写的。天然墨中含着油质，那奸人利用着它，把戬士林将"百"字轻轻洗去，改为"千"字，一些也看不出。这计策可称极妙，只可惜仍被我看出痕迹。只因"千"字之下，虽不见"百"字的底子，但"千"字比较别字，略觉新鲜。而且"千"字的四旁，从显微镜底下看时，现出一圈水晕来。这不是极显明的证据么？

当时我将此原由，说给白勒斯听了。

白勒斯微笑，撚着三根髭须道："你的理想高妙得很，实在佩服！此事须有席德财当面对证，才能成立，否则恐怕无济于事吧。"

我十分愤慨，对他说道："不要紧，我去请个律师，告上大信银行，提出种种理由，想必可以辨明实事。"于是别了白勒斯，去访问一个律师朋友。

不待一星期，便告到堂上。被告代表声明，这件事是跑街席德财经手的，当即登报传席德财，限七日内到案，否则缺席判决云。

又过了七天，被告仍不到案。堂上判决下来，说四千元中，有四百元是应当由原告承认的。其余三千六百元，应由被告认四分之三，原告认四分之一云云。

这样一来，我要立时拿出一千三百元来了。

此事在大信银行倒闭之初，只道可以一文不出了；后来白勒斯的信来，要我出四千元了；末了却要拿出一千三百元来。

四百元的数目，变化奇幻莫测。无论那最后的判决公平不公平，我的一千三百元，到哪里去筹划呢？只得向你《糊涂侦探案》的著者，白芒的介绍者，替我设法了！（下略）

电灯熄了

民国路上中银行的二层楼上，一间会议室内，上下电灯统统开着，映照得十分光明灿烂。

正中一只长方式的议事案桌，四面围坐着十来个董事。那桌的尽头坐着一位五十多岁的商业家，面上现出十分能干的神气。此人乃是董事长顾礼恒先生，一双很锐利的眼睛，只是注意看着那桌子上面的许多簿册，一手支颐，兀是露出几分不快的神情。

此时一室内的许多董事，大家镇静无哗，似乎正在很深刻地研究一种问题。在这案桌的另一边尽头处，坐着的却是上中银行的总经理郝天民先生。

郝氏在上海银行界中，着实有一些势力名誉，这却是不可幸致的，足足费了三十年的经验识力，才博得这一些成绩呢。但是此日在这会议席上，也是愁眉不展，显有极不安的颜色流露在面目之间。只因事关切身，不容他不十分惊虑啊！

原来上中银行开幕以来，虽已三年光景，头两年只因开张伊初，信用未立。加以创办时的一笔费用浩大，越发活动不来，以致二年的成绩，几乎要倾出全行股本十分之三。那些股东看见了这种情形，怎么不危惧起来？照此下去，不是要将全行血本统统付之东流吗？于是在那一年的股东会中，发生出许多争议。有几个主张要把银行收歇盘给别人去接办；有几个都主张重加整顿，积极进行，不可就此灰心，惹人耻笑。结果后一说占了胜利，便去请了这一位银行界内赫赫有名的郝天民先生，来当总理，把全行的发展职务，叫他一人来担负。郝天民先生自恃着三十年的经验，毅然答应下来。这便是郝天民与上中银行发生关系的起点了。

只是郝天民虽然自负，上中银行的幸运，却是不甚顺手。自从他接手以来，匆匆已一年了，虽在起初几个月，似乎有些起色，后来忽又渐渐不振，连一接二地吃了几笔倒账[①]。虽然是无可奈何的事，但是经理先生不能辞其咎啊！这一次的董事会议席上，何怪要有难堪的责言发生了。

顾礼恒先生拿一双精明不过的眼睛，在那些账簿上仔细观看，要寻出些破绽来，好做他发言的根据。众人只是静静地等着他。

---

① 倒账：无法收回的欠账。

隔了一会，他似乎找得什么了，便立起身来发言道："鄙人对于这一笔五万元的欠款，倒有些不大明白。这欠款的胡其仁，似乎不是有名的人物啊，为何贸贸然给他空手欠了许多钱？也没有抵押品，也没有保人。但是那簿子上明明注着是经理经手的，这种款子似乎放得太冒昧了。还有一笔一万五千两的橡皮股票押款，上面写明着照票面对折押的，但是新近股票的市价，却只有票面百分之三四呢。总之这两笔账，以及类乎此种的账，看来公司里是不能承认的，要请郝先生个人负其责任了。"

顾礼恒先生的说话，恰是厉害。他的意思，竟要把上中银行吃着的倒账，轻轻移到经理先生一人的头上。那在席的许多董事，听了这种议论，心中兀是不胜佩服。

顾先生提出的理由，很是简明而有力，郝先生虽然老练，似乎也难于抵抗了。

在光明的电灯光底下，众人的目光，一齐回过来对着郝天民，看他如何答复。

此时郝天民先生面上的愁容，格外加深了，双眉紧锁，额皮上重重的皱纹，好像水面上的波痕一般。他此时见众人都看着自己，心里慌了，不知怎样才好。他决不会有预备的语言来对付这突然而来的攻击吧？其实这种事情，早晚要发生的，他未必不曾预料到此。但是在此时匆促之间，究竟怎样措辞呢？他很不自然地燃起雪茄烟吸着，似乎借此遮掩他的窘状。

不料在此一霎之间，突然发现一种很凑巧的机会。

郝天民的危迫时机，借此得以延长片刻。

原来正在众人缄默的当儿，突然间房内的电灯熄了，顿时如入黑暗世界，伸手不见五指。便是路上的路灯，也完全熄灭。

只听得一人嚷道："电灯熄了！快燃支洋烛来啊！"

一人嚷道："这又是电灯公司的机器出了毛病咧！不见路上的灯都熄了吗？"

又有一人说道："是总线坏了倒不妨，只恐是路中半途的线坏了，那才是糟咧！须得要找半天才寻得出毛病呢！"

众人议论庞杂，倒把董事会议席上的正经事忘了。

只听得顾礼恒叫道："请大家保守秩序！我们的会议还没有结果呢！不妨静坐一回，想来不久便会恢复原状的。等电灯亮了，再继续下去吧。洋烛恐怕一时找不到呢。"

果然众人听了此话，静了下来。其实他们面上虽然暂时安静，心中却正在辘轳不定，最关心的要算是郝天民先生的事了，正不知他心中要如何感激电灯公司帮助他的忙呢，在这黑暗时间中，想可拟定了答复的言语了。

如是地继续黑暗着，约莫隔了十分以至十五分之间，在众人不甚留意时，突然电灯亮了。

久处黑暗中,忽然看见光明,眼睛反而要糊涂了,然而欣悦是不可免的。

大家定了定神,待要从新继续那董事会议,"啊呀!不好了!"——此时忽然又发见一件奇事。

最先发现的那人,正坐在郝天民的座位旁边,电灯亮了,起初倒也不曾留意,后来回头一看,忽然见那经理先生郝天民已不在座位上,四面一看,也不见他的影子,这才叫喊起来:"经理先生不见了!"

众人一听,回头一看,果然没有了,仔细一查,窗也关着,门也锁着。只因今天的会议,乃是秘密的性质,不能叫人家知道,所以窗门统统关起。不料在这四面锁着的房间中,当着十几个人的面前,在十五分钟的黑暗时间中,竟会把一个五十余岁的银行经理失踪了,岂不是一种奇事吗?

顾礼恒先生愕然道:"逃了吗?不见得吧?逃不了的!你们方才可听见什么声音吗?"

众人都摇头道:"没有听得清楚。"

起初众人嚷着"电灯熄了"的时候,有人叫着洋火,似乎还听得他的声音呢。后来大家静着,便也不曾有什么动静了。

顾礼恒先生觉得十分奇怪,在座诸人,也是莫名其妙。除非是仙人来把他引去了,然而在现在科学昌明的时代,决不会有这样的怪事出现啊!

众人愕了半晌,兀是想不出其中的道理。

到底还是顾礼恒先生仔细,能处事不乱。他先把门开了,把下面的茶房叫上来,问他们:"可见经理先生下来过?"

他们都摇头道:"不曾看见。"

又问下面守大门的警察,也不曾看见有人出去过。

于是又到各处去仔细查看,一间一间都看过了,连厕所内也去查过,究竟也没有一些影子。于是乎经理的失踪,竟成了事实了。他又没有隐身法儿,怎么会在电灯熄了一会的当儿,竟出去了呢?然而他的本身,明明不在屋里了。屋里既然没有,只得再行第二步的搜查了,当下便打电话先到郝天民的住宅内询问:"可曾回去?"

那边答道:"没有回来。"

又到郝先生常到的金融俱乐部里去问,也回答称"不曾来过";又接连问了几处,也均没见他的影子。

郝天民先生的身子,到底到了哪里去了呢?难道竟会飞上天去不成?

却说白芒先生一只右眼上,本来有些近光的,他却废物利用,借此便配了一只眼镜,加上一块显微镜的玻璃。

他自己对人家说,他的两只眼睛,却分别派定了职务的:一只左眼,专管看远方的东西;一只右眼,借了显微镜之力,便专门察视近物的。

人家见他出门时总戴一只单眼镜,也就信以为真。其实他出门时戴的,却不是在家戴的一只,却也可以看见远方的东西呢。

他此时运用着两只眼睛——或者说一只眼睛、一只眼镜——向这一间董事会议室仔细看个不了。

顾礼恒先生见他这种样子,简直有些好笑。

在这一间室内,除了几只电灯外,便是一只长的议事桌、十来只椅子,此外一些装饰也没有的。

但是白芒只管很详细地看看这个,看看那个,尤注意于两面的窗门。东面一排很厚的冰梅片玻璃窗,南面也是如此。后面靠北的墙上,没有门户。那墙的外面便是仆人的卧室了,方才上楼时,看见隔壁的门上写着"仆役室",谅不会差的。这间室内,通到外面的门,就只有靠西墙上的那一扇了。这一边墙上,也没有第二扇门户。

在别人眼光中看来,似乎没有十分注意价值的地方。白芒却很留心地细看,几乎连这一间室内,有几方地板,也数得很清楚咧。这才立起身来,对顾礼恒说:"我们走出去到下层看看吧。"

于是二人走出会议室,经过了一条很长而曲折的甬道,便从来时走过的那部扶梯上走下去。

到了二层楼，白芒举头一看，指着那东面尽头的一室问道："顾先生，那一间是什么部分？"

顾先生看了一看道："那间便是经理室，乃郝天民先生平常办事的地方。"

白芒微微一笑，答道："那么我们可去看看吗？"

顾先生点了点头，便即在前领导着。

推进那间失踪经理的办事室，只见里面布置得井井有条，确可反映出郝天民办事的能力来。不必说，像这样一位很有才干的银行家，而有如此不良的成绩，令人不得不深信命运之迫人了。

白芒在室内大略一看，已可明白。这一间正是二层楼的东南极角，两边都有窗户。窗外电车与各种车辆来往之声，终日不绝。

外面便是二条大街的交叉口了：一条便是民国路，一条乃是张家弄。所谓张家弄者，还是十年前的旧名称，现在却依旧沿用着，那马路早已放到四五丈宽咧。

白芒从窗口上看明了马路的情形，回身又注意室内的现状：一张大号柚木写字台，放在一室中央；一张摇头椅，朝南放着；写字台的右手，便是门的入口处，一排二幢保藏簿册的有锁抽斗；左手墙角内放着一只保险铁箱，乃是大而坚固的头号德国货。此外竟无别的陈设，但是白芒却很注意于那只保险箱。

顾礼恒心中正在疑惑，难道郝总理的失踪，与这洋箱有关系吗？洋箱容积虽大，到底藏不了一个人呀！

白芒忽然指着洋箱上面的墙上，对他说道："顾先生，你看这是什么东西？"

顾礼恒提起注意，凑近墙壁，抬头向上望去。只见离地六英尺光景，恰在洋箱之上，那绿色油漆的墙壁上面，似乎有一方极微细的摩擦痕迹，约有二寸长、一寸阔，粗看实在是不容易看到的。

顾先生依旧很疑惑似的答道："似乎有什么东西擦过的痕迹。但也不见有何重要的关系啊！而且……"

顾先生正要发挥他的意见时，白芒已止住他了，却说道："请你记着，这种偶然的极小的地方，或者以后却有很重要的关系呢！以我所见，想来这一间的上面，便是董事会议室了，可是不是？"

顾先生点头道："不差。"

白芒又问："这下面是什么地方？"

顾先生想了一想道："那一间便是大门口进来的问询处了，但问询处地位很小，问询处的后面，另有一条甬道，却也在这一间的下面呢。"

白芒急问道："我想那甬道的一边，一定也有一扇便门，可以通到马路上去的。"

顾礼恒道："正是。日间各办事员都不从大门出入，却是走的这扇便门，办公时间一过，便也与大门一同落锁了。"

白芒连连点头道："待我下去看看如何？"

顾先生答应，便又领了白芒，走到最下一层，经过几个转弯，才到那问询处。

那问询处四面有柜台围着，有二扇厚玻璃窗，都是临街的。

白芒看了看称赞道："这里的房屋，建造得十分精致。普通办事室房子，沿街的玻璃窗，多数是不能开闭的，这里却可自由开闭。我想此地的仆役，似乎难免有疏忽之处。你看不是此地的一扇窗上，连插销多没有插上吗？"

顾礼恒听他说这种无味的滑稽话，实在难于忍耐了，但也不便发作，只可勉强地笑了一笑。

白芒也就走出了问询处，从新上楼。

走入会议室内，早有许多董事，络续来了。

下午二时三刻，上中银行的特别紧急股东会开议时，白芒大侦探，便以唯一的来宾资格而列席。

主席顾礼恒报告了这件突如其来的"经理失踪案"后，便继续发言道："本行经理的突然失踪，适在本银行董事查账之时，似乎颇可玩味。但是无论如何，这两件事都与本行业务上大有关系，非得彻底究查不可，而尤以前一事为急要。倘然经理一天不出来，行中的账目去向谁料理呢？所以现由董事会聘请大侦探白芒先生，担任侦查。现在白先生也在这里，在各处勘察了一回之后，业已略得线索，大约可以答应在最短期间，得到美满的结果呢！"

董事长一句话尚未说完，众人的目光顿时折过来齐向白芒看着。在座诸人，都想趁此瞻仰瞻仰这位鼎鼎大名的白芒大侦探，究竟是怎样一个人物。

于是白芒一人成了众矢之的，看得他倒有些窘了，忽然一个念头，不如借此显显自己本领吧，便即立起身来，放出在学校里练过了的演说本领，朗朗发言道："鄙人承办此案之初，确实觉得十分棘手，似乎难于用力。但一加侦察，觉得并不十分烦难，穷半日之力，居然已有十分之六明白。所以破案之期，必不在远，这是可以使诸君安慰的……"

白芒正要说下去，忽然股东中有一人起立道："然则请白侦探把已查明的一部分宣布出来，以释大家的疑团如何？"

白芒面上顿时十分得意，便说了几句他自己也晓得不会发生效力的话道："今天在此地会议席上，原不妨把我的经过报告给诸位听听，但是总望大家听了暂守秘密，否则于进行上要发生窒碍的。现在第一件事情，应当宣布的，便是经理的失踪，其实不是'失踪'，却是有心逃避。这一句话，我想诸位必然不能十分相信，然而确是事实，都有根据的。你们试想郝总理在董事开会之际，突然不见，在二十世纪科学昌明时代，除去了缥缈无稽的超人力的方法以外，就只有二种解说可行：一种是别人来劫他出去的；一种是自己意思出去的。照第一种解说，那么他知道有人来劫，为什么不叫喊？便说是禁止出声，也必然有些声音，决不能轻轻逃过十几位董事先生的耳觉，一无声息地被劫的。那么就只有第二种解说可行了。证以银行中的亏空，经理家室的孤单，无伯叔、妻女、子侄种种亲属，益觉他行为的可疑了。而且……"

一个股东起立问道："既然如此，他从哪里出去的呢？"

白芒微笑道："那一节我已完全侦查明白。他当时失踪时，有意当着许多人的面前，依着预定的一种手续……你们不是很热心地要晓得他的经过情形么？其实说明了，也就不见得十分奇怪，便是这一间会议室内，譬如窗门统统锁了，除了窗门，可有别的出路没有呢？前面是窗，左手也是窗，窗外是马路，不能出去；后面是墙，墙外是仆役卧室，卧室中有许多人，也不能出去；右手是墙，墙外虽是甬道，但也必须走过许多有人的房间，及众人上下的扶梯，方能出去。当然也不会如此凑巧，没一人看见的，而时间太多，所以也不是事实。但是除了这前后左右四方外，另有上下二方，也可出去的。上面是屋顶，而且当时室内也没有梯子，不能爬出去的，所以六方有五方不能出去，就只往地下的一法，那便是郝经理遁逃的道路了……"

这句话一出，顿时引起众人的骚动。他虽然说得像小说那么地好听，但也不见得便是事实吧。

顾礼恒第一个哈哈大笑道："白芒先生你的说话，其实是滑稽极了。我们经了这样的大故，浑浊的头脑里，得到这样清新的笑话去苏醒它，实在是与卫生有益的。"

白芒正色答道："顾董事长请听。鄙人方才所说，其实却是一种经过的实在情形，而且是当着你同另外许多董事先生的面前做的，我不过演述一番罢了。"

董事长迟疑道："你可有证据么？"

白芒道："有，此时立刻可以拿出来宣布的。"

董事长道："那么请你宣布吧。"

白芒道："可以。"说着走到董事长的椅后对他说道："顾先生，当时会议的时候，郝总理不是坐在今天你坐的位子上么？请你把椅子退后一步……不对，要靠定墙壁的……对了，请你再把右足向那议事桌的台脚里面的地板上，一只突出的洋钉，请你用力踏一下……"

顾先生照着做，只觉机关一动，那桌子的后面，靠左一步，顿时露出一个地洞来，约有二尺见方。

众人都觉骇愕，这才明白了，那郝总理原来是从此下去的。

再向下面一望，那洞口正对着下面二层楼的经理室中，一足踏下去，恰可踏着那只铁箱。

白芒对众人一看，露出得胜的微笑来，他便第一个跳下去。

顾先生跟着下来，接连走下许多人。

白芒又在二层楼上照样地用足向办事案桌里面地板上的钉一踏，果然又露出一个洞来，向下望去，便是那甬道旁边的问询处了。

白芒开口道："不必下去了，现在郝总理的出路统已明白。他从董事室下去，到经理办事室，再下去便走到问询室，再从问询室的窗中出去的。郝总理在行中既放下了如许的倒账，其实是串通作弊。他想出这个法子来，装做突然失踪，借此便可脱去仔肩①呢！那方法实在是巧妙极了！"

这一片话果然说得众人点头叹服，顾礼恒先生便把侦查郝总理行踪一件事，交给白芒侦探全力办理。

于是白芒接受了这一件公事，回到杜美路五十号寓所，极力地四出探访。

---

① 仔肩：担负的担子、任务。

接连一星期，不见端倪，白芒暗暗着急，终日皱眉蹙额，兀坐在自己的办事室中。

忽一天，侍仆拿进二个名片来，那一张写着：

海克利律师

另有一张不料上面写着大大的三个字：

郝天民

白芒大惊失色，心想："郝天民，我用尽心思要去找他，也不见一些形迹，不料会自己投上门来。不过同着一个讲法律的同伴同来，恐怕其中不免有变卦呢！"当下吩咐把两人请进。他却把那些必要的手枪等物预备着，以防危急时应用。

当下海克利律师首先进来，乃是花旗①人，还跟着一个翻译，后面那郝天民先生，正是照片中的人物。

三人进来后，招呼就坐。白芒心下踌躇，不知自哪里说起才

---

① 花旗：旧时指美国，由美国国旗的形象而得名。

好，忽听那海克利律师用英语问道："这一位想必就是大名鼎鼎的白芒侦探了。现在敝律师有一句话要请问阁下，望须明白答复。第一要问，断定郝君自己设计逃走的，是否出于贵侦探的意思？"

白芒一听便直捷爽快地答道："不差，确是鄙人根据于事实而说的。"

海克利摇头道："不知根据于哪些事实？"

白芒道："便是会议室内的地道，及有意使人在会议时设法阻止电灯放光，及不甚明了的账目等等。"

海克利冷笑道："那么倘然这些事竟是另一个人做的，又将如何？"

白芒渐渐糊涂起来，迟疑道："但是会议室内郝总理逃走是真的。"

海克利律师立起身来，朗声说道："既然贵大侦探承认郝先生的出走是自动的，万事便容易解决了。现在敝律师为着郝先生的委托，代表郝先生要向贵侦探提出要求，应当赔偿郝先生的名誉损失十万两。"

白芒听得如此要求，吓了一跳，忙道："难道我的推测竟又与事实不符吗？"

海克利冷冷地答道："对啊！虽然有些地方，发明不少，其实根本差了，便至'一着差，百着差'。现在不妨请郝先生自己把经过的情形宣布一番,你便明白究竟了。"

于是郝天民黯然说道:"其实白芒侦探的本领,煞是可佩。不过贼人的造作太巧,实在是难于测料的。一年前,我因为赴杭游历,乘着七点五十分的沪杭夜车,赶到杭州。时已夜午,便叫了一乘黄包车,赶到我的老旅馆新新旅馆去,不料在半途中被人掳去,住在一个山谷的幽居内,直到昨日,方始被释。这一年来的山居生涯——其实可说是牢狱生涯——可也很安适。不料那贼人竟会冒了我的名字,在外面干了不少的事。借名骗钱,倒也不必说它。最可恶的,还破坏了我的名誉。偏偏有你这个糊涂侦探,不明事理,硬断定是我的举动。你说该罚不该罚?"

白芒越听越懊恼,至此忍不住问道:"那么这个上中银行的总理,竟是假冒的了?那贼人又是谁呢?"

郝天民道:"这个我竟不知道,不过晓得他姓唐而已。此人现已去世,你也不必去追求了。"

白芒惊道:"死了吗?可惜可惜!否则吾倒可以把他捉住,治以应得之罪,一泄吾愤哩!"

郝天民道:"倘然他不死,我或者至今还不明白这件事的底细呢。那一天便是去今五天前,那姓唐的狼狈回到这所山庄内。一到里面,那些庄内的人,便忙个不了,接连请了三个中医、两个西医,自然是他有了很重的病症了。

"第二天早上,便有人来唤我去,到他的床前。只见他面上血色全无,形容消瘦,委实是很厉害的病症。他见了我,倒很客气,对我说道:'现在我很懊悔了,幸幸苦苦,用了不少的心思,倒替人家白忙了。现在我已看破一切,不妨把我的事情完全说给你听。只是医生关照过,不能多说,所以只得很简略地说一遍。

"'那一天你被我们设计骗到此地,我们原有一种很精密的计划。原定由我乔装为你,假用你的势力、信用、名字,以遂我们骗财的目的。后来着着进行,果然诸事顺手。等到钱财到了手,正想要用一个计策,脱身事外,不料这件事竟给董事长晓得,查出亏空之数甚大,着急得了不得,连忙召集一个股东会,要把我的秘密戳破。不过他们还不知我是赝鼎呢,于是我便试用平日预备着的奇妙法子,当着众人面前,突然失踪。这便是吾事后卸责的另一妙计。

"'后来结果甚为美满,我便不假梯子,从三层楼的董事会议室内,在预定的电灯熄灭时间,脱身遁去了。到了一个所在,把化装卸去,很自由地乘着五路电车,到西门停下,转入城内一家小茶馆内,等我那同伴。这都是预定着的程序,那同伴依我的计划,把电灯线暂时拆去之后,过了五分钟,仍把电线接上,再到这里来集会的。此人原是我的心腹,所以历来所得的钱财,暂时均存彼处。不料我坐在那里等他,左等也不来,右等也不来。约莫过了一个多钟头,才接到他寄来的一个口信,说所办的事,他已办好,但是他现因急事,须得出门一次,暂时便也不再前来告别了。

"'这几句话,我一听明白原委。这岂不是他抛撇了我们,独自把所得的银钱吞没了么?这句话说不出来,一气攻心,几乎要晕倒过去。喉咙里咯碌碌一声,早吐出一口鲜红的血来。急忙赶回此地,却不料竟种病根,难于疗治了。现在事情大白,我也不怨谁。送你回去后,望你不再追究我们同党才好。'

"他说到这里,似乎很吃力了。我答应他不再追究,随即退了出来。听说那天晚上,这人便死了。"

郝天民把前后情节说个明白,印证起来,一些不差。

白芒听了,正觉惭愧。他倒也料不到,那真的郝天民,早已在一年前失踪咧,无论如何逃不了失察之咎。

此时他立起身来,问郝天民道:"如此说来,那同伴携款逃了,难道不必去追究了吗?"

郝天民冷冷地答道:"不必费心了。我昨天在杭州时候,报了警察,通电到南京,早已在一家旅馆中捉住了呢!"

郝天民此刻转用英语说道:"倒是大侦探对于我的名誉损失,应当如何办理呢?你能答应我在上海各报上登上一星期道歉广告吗?"

那海克利律师也道:"这是最从宽的办法了。除此以外,竟没有说话的余地。"

白芒懊丧着面孔向窗外呆看,分明很懊悔自己大意发表出那一篇话来。

此时三人立在书室中,暂时寂静,想来这一次白芒的失败,非得依他们登报是不能结束呢!横竖我的朋友常常经惯失意事的,这一些些的打挫,想来终能承认的。

毕业试验

白芒跳上了黄包车，一壁吩咐车夫，叫他拉到辣菲德路三千五百号中国侦探函授学校里去。车夫答应，拔步就跑。

他坐在车上兀是不肯休息，从身边取出那一封从邮局寄来的信，细细读了一遍。

今天接到此信后，他读了第三遍了。那信上写道：

（上略）本社开幕以来，倏经一年，平时函授各种侦探学识，颇承各界赞许。

兹届第一次学员毕业之期，定于下星期日举行毕业试验。试验方法，系实地练习侦探技能，应用侦探学识，作小规模之探索。

素仰先生才大心细，于侦探学多所研究，拟请担任试验监督，不稔能邀俯允否？如能拨冗驾临敝处，面谈一切，尤

为欣幸！（下略）

中国侦探函授学校校长

奚竹素　启

白芒心中也觉好笑，想不到做了侦探，除却替人家侦察案子以外，竟还有这种任务有人来请教的。但是对于这不甚熟悉的中国侦探函授学校，不免有些疑惑。实在上海地方的滑头事业太多了，明明一种很好的通信教授办法，也有许多人借作骗钱的幌子，所以"函授学校"四字，几乎失去了社会上的信用，除却几个实在靠得住的以外，简直无人敢过问了。

这中国侦探函授学校，虽然有时在新闻纸上看见一鳞半爪的广告，白芒终不能十分信仰它，所以未曾亲眼看见实在情形之前，决不肯贸然答应这试验监督一职的。

从杜美路五十号白芒住宅走到辣菲德路这一条路，并不甚长，一回儿便到了。

白芒举眼一看，大吃一惊，始信自己方才所猜疑的完全虚妄不实。

眼前所涌现的乃是一所三层楼的洋房，气概甚为庄严，门前悬着一方铜牌，上面写着"中国侦探函授学校"八个大字。

大门开着，白芒便也不再窥看，很大方地走了进去。

只见大门旁边一间门房里面，坐着一位门公。白芒才立住脚步，从身边掏出一张名片来，交给他，对他说明了来访奚校长的，于是由他导引着走入里边一间会客室内坐着。

少顷，便见一个西装的少年，戴着一副很厚很深的近视眼玳瑁边罗克式眼镜，一进来便很足恭地问道："这一位便是大侦探家白芒先生么？一向闻得大名，今天得见，真是欣幸万分！鄙人自己介绍便是奚竹素，忝为此地的校长，万事尚请白先生指教！"

那奚竹素猛然看上去，宛如一个海上流行的滑头少年，身上打扮得异常漂亮，最时式的春季衣服，左手上面一只小插袋内露出一方麻纱的手帕，头上不曾戴着帽子，头发梳得光滑如镜，面上常常带着笑容，露出十分钦佩的颜色来。

这钦佩颜色，却不是假造出来的。白芒的大名，固然常常听得的，今天一见他的言论风采，更觉得颇不犹人。一身西装衣服，虽不见得十分考究，却是最合他的身材。方圆微胖的面上，有十分坚毅的颜色。鼻上本来架着一只单镜的眼镜，此时已拿在手中。

他见奚竹素说了一番羡慕的话，却不作谢词，只道："承奚先生折柬相招，兄弟对于侦探的事务，颇多兴味，所以想特地来参观，以长见识。"

奚竹素忙道："很好，正要白先生指教。只是函授学校事务，很为简单，所以也不曾有大规模的设备而已。"于是由奚竹素引着一间一间地去参观。

原来这所房子虽是三层楼，可是函授学校所租，却只下面一层而已，其间分为若干部分，最大的是一间会客室，其余如校长室、讲义部、通信问答部等，分得津津有条。

白芒逐一看来，不觉称赞他办理得颇为认真，又将他们的讲义细细翻来一看，觉得他们教授的方法，也很不差，便回头对奚竹素说道："奚先生，你的办法很是不差，这毕业试验时监督一席，准由鄙人效劳便了。只不知你们试验时取何种程式，还要请教！"

奚竹素道："试验的方法，现定二种，同时举行。一种是外埠学生，只因道途遥远，只得用问题考试办法，出几条问答而已；其余在本埠的学员，却须用实地试验的办法，叫他自己到来面授试验，以探索各种事物。为养成实用的侦探人才之预备，又恐我们校内的教员，或有不能详细的地方，所以想特请一位社会上有名的侦探大家办理。这一件关系重大的事，白先生你既然答应了，务要请竭力替我们帮忙才好。"

白芒点头道："这果然是一种很好的办法，不知这次毕业，在上海的共有若干人？倘然人数多时，要一个一个地试验，却是颇非容易呢！"

奚竹素道:"我们的学员,居住外埠的,居其多数。这一次上海的受试验者,只有四人而已。"

白芒道:"既然只有四人,便很容易办了。这样吧,试验的方法,由我去办理,你只消写信去通知他们,须要在下星期日下午二点到五点的几个钟头内到此地来亲受试验便了。"

奚竹素点头答应,于是白芒便告辞回去了。

奚竹素得到了白芒的应诺,做这一次毕业试验的监督,觉得甚为荣耀,登时做了一条广告,送到各处报上,登在"本埠新闻"内。这却是一种新发明的无费广告法,比了花钱的,反而要效力大些呢!

明天的新闻纸,有几处便登载出这一种消息,大致说辣菲德路中国侦探函授学校开办已有一年,成绩甚佳,此次第一届毕业,特请大侦探家白芒先生担任毕业试验之监督一职,以期理论和实行双方兼顾,以免有纸上空言的讥笑云。

光阴迅速,一转眼已是星期日了。

这天午餐,由奚校长特请白芒侦探在本校设宴请他,同时又请了几位有名的侦探,一同聚餐,颇有欢呼畅饮的快乐。

白芒在近几天内已经想妥了一种试验方法,这时便宣言说他的试验方法,是大公无私的,而且是用无记名的投票办法。

这句话似乎有些奇怪,怎么叫作"无记名投票"呢?却不是用选举方法,乃是由校中备着一张空白的名片,上面印着一个号码,每一个学员试验时,本来均不知,他的姓名,也不必去问他,只要记了他的号码,试验后由他自己写一个名字在这空白纸上,投在一只匣内,直等完全试验完毕、考定分数名次,才开匣查封宣布姓名。这样一来,便可确实无弊了。

当时席上诸人,大家赞成,果然这个办法很好。席后诸人便不回去,等在这里,大家要看看白芒的试验方法。

奚校长很忙碌地预备着把这一间校长室暂时作为试验室,所有签名的号目名片均已备齐,专等学员们到来便可举行试验了。

二点钟后第一个受试验的来了,白芒一见便觉出乎意外,他决料不到那来的竟是一个女子啊!

他这时正与奚校长同坐着,便即低声问道:"奚先生,你的学员里男女都有吗?怎么来了一个女子呢?"

奚校长也是奇怪道:"怪呀!这倒奇怪了!我们本是函授学校,来报名时只有姓名、年龄、籍贯、住址这几项,却不曾注明是男子女子,或者竟有一个女学员在内也未可知啊!"

白芒更觉纳闷,这时格于自定的条例,不能问她姓名,只得把预备着试验东西从皮包中取出,在其中检出一件乃是一只破旧自鸣钟,乃是长方式的小钟,放在台上的,上面还有一个把柄呢!

他把这东西交给那个学员道:"你拿了这一只钟且去细细察看,其上有何特别之点?可以研究出它的主人是怎样一个人?这钟的历史如何?须要尽力地探察一番,拿来详细写出来,便可交卷了。"

那女子答应着,自去研究了,不多时便来交卷后,自己去了。

接着又有二个学员来了,他们的姓名照例是不能宣布的,只可说他是第二、第三学员。

那第二学员年逾知命,满脸的烟容。这时已是二月里天气,他还戴着一只乌绒的便帽,却已黯淡无光。照这形状看去,他在函授学校里求学,想是为求谋生计的缘故吧!

那第三学员比了第二学员却是大不相同,一双眼睛中露出锐利的光来,似乎能洞彻人的肺腑,年纪约在三十上下,身上穿着整洁的蓝缎袍子、黑缎马褂,也不见有一些皱纹。

白芒一见此人,心中便暗暗称赞像这一个人,却是侦探的人才啊!当下便又从袋中摸出二件东西来,乃是一只破靴,同一把用旧的紫砂茶壶。拿破靴交给第二学员,旧紫砂茶壶交给第三学员,于是两人也拿着各去研究了。

那二人还没有交卷,第四学员已来咧。此人年纪甚轻,只是十五六岁光景,像是一个学生。

白芒也不去管他，且从那皮袋内摸出最后的一件试验物品来。

旁边坐着的几位参观人一见此物，不觉大笑起来。

奚校长也是笑不可仰，忙向白芒说道："白先生，你不要开玩笑啊！这东西你从什么地方得来的，真是可笑得很！"

白芒正色道："你们不要小觑了它，这东西虽是可笑，却有很有趣味的历史在内呢！我费了一星期的考察，才把它的来源探明白，现在拿来试试这位第四学员的眼力如何。"

于是那第四学员果然接了这一把二寸来长、一寸多阔的小白铜夜壶拿下去了，此时第二、第三学员各已把考卷做好交上来，各自退去。

白芒见四位学员都已来过，便专等那最后的一位学员把小白铜夜壶研究完毕，便可暂时收束了，不料竟有出乎意外的事在后呢！

——那第二、第三二位学员出门后，接着又进第五学员起来。

白芒暗暗奇怪，对着奚校长急忙问道："奚先生，你到底有几个本埠学员啊？"

奚竹素也正在那里愕然不解，明明只有四个人，忽然变了五个了，那岂不变了万能术中所云"加二二变成五"吗？真正岂有此理啊！

但是现在正在考试时间，格于定律，不能问他的姓名，究不知这五人中间,谁是假的,谁是真的?想来其中总有这么一个假的在内了。此时别无他法,只得对那第五学员一般地考试着,就后再把假的拣去,不见得那第五学员便是假冒的啊!

白芒细看此人,乃是一个二十余的少年,身上却也朴素,不像是滑头模样。

白芒此时一检皮包内带来的,只有四件东西,那第五个学员只好仍旧用第一种试验品了。

白芒便把那破旧自鸣钟交给了他,打发了那人下去自去研究后,一时倒有些恐惧起来:不要第五个以后,接着再来第六个、第七个,那么岂不笑话煞人?其中难免有人故意和我开玩笑啊!别的不打紧,明天传了出去,岂不又是我白芒侦探倒霉?但是现在虽不知是谁来冒考,少停检起名片来,总可明白那四个以外的学生是谁了。

过了一会,几个学生卷子均已交齐,白芒便把那些卷子拿来细细批阅,以定甲乙。

他顺次地看下去,先看那第一个女子所做的考卷,上边写着那考察破旧自鸣钟的结果,伊说这自鸣钟乃是三十年前的旧式房间中放在台上的。这东西从起初到现在,决不止一个主人了,只看上面的铁锈斑驳、旧得不堪,便可推想而知了。这钟最近的历史,乃是旧货店中转入一个大侦探家的手中。那侦探购办此物,纯系出于一时的兴致,并不是买来用的,只不过把来做研究参考之用而已——只看那机件完全停止便可知道了。

从这钟上又可看出那旧货店主是个工于心机的人,他虽知这钟一时不能修理,却嫌它缺了一支短针,不能引动人家,特地从别只钟上替它配上一支针,以引起比较的美观来。

白芒见伊写得很明白详细,竟猜中事理十分之六,不能不佩服伊的天才和观察的厉害。

再看第二篇便是那中年人所做考察破靴的文章。这一篇文章,其实写得甚妙,不妨把它抄下来,一看便知分晓。上写着:

此破靴也者,不问而可知也,乃是破靴党的遗物而已乎!然而破靴之所以为破靴也,头破而脚破,前破以后破,左破以右破,外破而内破。夫如是斯可称为"破靴"也,以是知之,此破靴之主人为破靴党也!

一篇不关痛痒的文章,读得白芒好笑起来,连忙丢在一旁。

再看那第三篇研究紫砂茶壶的考案,大概说道:此壶主人是个爱茶的,而且对于这把茶壶非常爱惜,只看上面摩抚得润而有光,足见他爱惜的程度了。

白芒看了看,也觉得平淡无奇,再拿第四篇来一看,只见他写道：

此夜壶可断定乃是明朝严嵩的旧物，有三种证据：

（一）壶的底下有崇祯的年号刊着；

（二）沿底面的边缘刊着"男蕃敬献"，足见是严嵩之子严世蕃所制；

（三）又查某种笔记内记着严嵩的劣迹，有金银溺器字样。

有这三种凭据，可算是确定无疑了。

白芒暗暗吃惊，为什么自己当初考察时的结果的，都被他知道了呢？幸亏得没被他查出底里的夹层来，否则不是要同我一般的厉害了吗？

当下又看那末一篇，便是最后来的少年，也是考察那旧自鸣钟的结果。

这一篇也可算得妙文了，不可不把它抄下来给大众看看：

这一只不堪的自鸣钟，可以加四个字的批评，便是"破旧老钝"四个字。何以见得呢？玻璃上碎了一块，长针、短针不相配，可以说到"破"的一字了；便是用也用了好久了，上面斑斑驳驳的痕迹留得不少,足当一个"旧"字;而且式样也已不时,乃是三十年前的老式,所以称它为"老";至于"钝"的一字,完全指着机件而言,机件麻木不灵,不能行走,还不可以说是"钝"吗?

蓦地看上去,好像是一篇很好的"按语"的,其实都是欺人之谈。白芒一看便暗暗生怒,这不是明明取笑吗?所谓研究云者,乃是钩奇探玄,从一事推到多事,渐究渐深也。像这种研究方法,简直是描摹而已,不是探索了。

白芒五篇都看完了,秉公地替他们定了个名次,如下:

(一)第一学员

(二)第四学员

(三)第三学员

(四)第二学员

(五)第五学员

至于其中那一个假冒学员来投考的,什么处置呢?白芒心中也已想定办法,现在姑且定就了次序,然后把名次宣布出来时,再把假的提出了便是。譬如那个假冒的乃是第三名,那么便把第四作为第三,第五作为第四。倘是别个,也就照此类推。

白芒把这办法说与校长听了,校长也赞成,便道:"如此很好!横竖外面的人也不知道究竟有几个学员,不妨先将这名次宣示大众,再定明日请两个有名人物当众开匣,核对名字,以昭大公。我看准照如此办吧!"

白芒也就点头答应。

明天二点钟,果然延了几个有名人物,当众开匣起来。

这个法子,其实十分可笑,堂堂的学校里,竟闹出这彩票公司开签的把戏来,岂不笑话煞人?

但是当初大家却不觉得,很郑重地当作一件正经事做,时候一到,果然把那封条封着的匣子打开来。

只见里面零零落落地封着四五张纸片,那便是这几个投考的学员姓名了。于是便照着考试的结果,依次排着,那姓名如下:

> 第一名　胡先明　第一学员
>
> 第二名　李　靖　第四学员
>
> 第三名　陶　回　第二学员
>
> 第四名　贝一声　第三学员
>
> 第五名　胡先明　第五学员

在这一张表内，很容易可以看出一件事来——明明白白那第一学员与第五学员姓名完全相同，不差一字。

一时间那在场的众人看了，不由不疑讶起来：到底还是一个人吗？

这一件却有些可疑了，再回想那昨日的情形，白芒越弄越糊涂了：昨天那个第一学员不是一个美貌的少年女子吗？但是第五学员却是一个很朴实的少年。明明是二个人啊！

白芒一时弄不清楚，只得把头脑镇静一回，从新把事情细细一考察：那中国侦探函授学校的本埠学员，只有四人，而投考的却来了五人，其中有一个乃是同姓同名的，不过一个是女子，一个是男子。

这事情渐渐明白咧！不用说那女子便是假冒的了，她假冒的原因何在？也很容易明白，不是明明来作弄白芒侦探吗？可笑白芒一时不察，逃过了眼光，竟没有看出来，现在明白也已来不及了。

那校长也是很着急地向白芒道："这便什么好？你看事情怎样了？你可有补救之法吗？"

白芒苦着脸，事情已弄僵了，无可设法。

这明明是那胡先明故弄狡猾，改装而来，现在不必说了。倒是那名次一层，难于调动，偏一个是第一名，一个是第末名，最好的便是最不好的，这什么办呢？

这时校长见他无法，便也有些恨了，便对着大众带着诙谐的口吻报告道："今天的结果，虽出于意料之外，然而于本校的前途，却有非常的乐观，足见本校的学生化装的能力，可以逃大侦探家白芒先生的眼光，可算造诣甚深了。便是白芒虽不曾看出改装来，然而一见之下，便能辨别出他的天才来，评为第一，也足见是大公无私了。所以本届毕业考试的成绩，便照白芒先生评定的为准……啊呀，我忘记了，那第五名也是胡先明吗？这倒不妨事的，横竖我们只有四个学生，那第五名不能成立，当然要完全取消了……"

附录

《糊涂侦探案》各篇初刊一览

《破题儿第一遭》,1923年11月28日,刊于《最小》第五卷第一百三十三号,标"糊涂侦探案(一)"

《XYZ》,1923年11月30日,刊于《最小》第五卷第一百三十四号,标"糊涂侦探案(二)"

《五个嫌疑党人》,1923年12月2日,刊于《最小》第五卷第一百三十五号,标"糊涂侦探案(三)"

《公平而不公平之判决》,1923年12月4日,刊于《最小》第五卷第一百三十六号,标"糊涂侦探案(四)"

《紫玉鼻烟壶……七点半……祖宗》,1923年12月6日,刊于《最小》第五卷第一百三十七号,标"糊涂侦探案(五)"

《好奇心与悬赏之关系》,1923年12月8日,刊于《最小》第五卷第一百三十八号,标"糊涂侦探案(六)"

《孝子的孙子的孙子》,1923年12月10日,刊于《最小》第五卷第一百三十九号，标"糊涂侦探案（七）"

《三万六千三百五十四》，1923年12月14、16、18日，连载于《最小》第五卷第一百四十一号至第一百四十三号，标"糊涂侦探案（八）"

《李公馆之扫帚问题》，1923年12月20、22日，连载于《最小》第五卷第一百四十四号至第一百四十五号，标"糊涂侦探案（九）"

《门角落里》，1923年12月24、26日，连载于《最小》第五卷第一百四十六号至第一百四十七号，标"糊涂侦探案（十）"

《大糊涂与小糊涂》，1924年2月，收录于《糊涂侦探案》（上海良晨好友社印行），标"白芒侦探第十一案"

《来者谁》，1924年2月，收录于《糊涂侦探案》（上海良晨好友社印行），标"白芒侦探第十二案"

《出乎题目之外》，1924年3月25日，刊于《最小》第六卷第一百六十六号，标"新撰糊涂侦探案"

《不愿意的礼物》，1924年8月1日，刊于《半月》第三卷第二十二期，标"糊涂侦探案"

《一波三折》，1924年9月15日，刊于《最小》第六卷第一百八十二号，标"糊涂侦探案"

《电灯熄了》，1925年3月24日，刊于《半月》第四卷第七期，标"糊涂侦探案"

《毕业试验》，1927年8月4—15日，连载于《横行报》第一期至第五期

编后记

2016年6月,我在整理"晚清民国滑稽侦探(幽默推理)小说存目"时发现,除了赵苕狂(1893—1953)先生的"胡闲探案"系列外,另有一个题为"糊涂侦探案"的民国"滑稽侦探"小说系列,塑造了一位名叫白芒(取"白忙"的谐音)的"失败的侦探"。

1923年11月26日,《最小》第一百三十二号曾刊"编辑人语",预告说:"朱秋镜君新撰《糊涂侦探案》,专纪侦探大家白芒的失败史,滑稽可笑。下期即刊第一侦探案叫做《破题儿第一遭》,请读者暂候一天。"

有关朱秋镜的生平,我们知之甚少,目前只知道他在民国时期曾被文学刊物《沪江月》聘为名誉编辑(见《上海大辞典·中册》中收录的"沪江月"词条)。

1928年9月28日,《横行报》第九十五号曾载:"本报长篇小说《反上海》著者朱秋镜先生,因咯血旧疾复发,遵医嘱须休养,刻已遄赴杭州,寓居西子湖边之春润庐,从事疗摄矣。"由此可知朱秋镜还患有"咯血旧疾",这不禁让人想起同样咯血的民国侦探小说名家孙了红。由于相关史料欠缺,不知道朱秋镜是否因此过早离世,还有待将来继续挖掘考证其生平事迹。

朱秋镜侦探小说代表作"糊涂侦探案"系列,曾于1923年至1927年间在《最小》《半月》《横行报》上刊载,且上海良晨好友社还于1924年2月出版了单行本《糊涂侦探案》,收录了该系列的前十二篇:《破题儿第一遭》《XYZ》《五个嫌疑党人》《公平而不公平之判决》《紫玉鼻烟壶……七点半……祖宗》《好奇心与悬赏之关系》《孝子的孙子的孙子》《三万六千三百五十四》《李公馆之扫帚问题》《门角落里》《大糊涂与小糊涂》《来者谁》,其中《大糊涂与小糊涂》《来者谁》两篇未见在报刊登载过。

1926年3月14日,民国侦探小说家兼评论家朱豧在

《糊涂侦探案》封面
(来源:上海图书馆)

《紫罗兰》第一卷第七号上发表《谈谈侦探小说家的作品》一文，评论道："朱秋镜的《糊涂侦探案》，生面别开，比较苕狂的《胡闲探案》，还来得奇突曲折。"

这应该是民国时期第一次有人比较同属"滑稽侦探"小说类型的两部作品，且两个系列均为"失败的侦探"设定。

具体对比《胡闲探案》与《糊涂侦探案》的不同，民国侦探小说研究者、复旦大学战玉冰博士曾明确指出：

> 较之于赵苕狂笔下"失败的侦探"胡闲在探案过程中全方位戏拟和反讽了经典的"福尔摩斯探案"的基本模式，朱秋镜所塑造的"糊涂侦探"白芒则更多集中于对侦探人物形象本身的"解构"和颠覆，即当侦探的查案动机不那么纯粹和高尚，侦探本人更称不上"正义的化身"，甚至不算什么"正人君子"时，小说滑稽的叙事效果就自然而然地从人物品质的裂隙中流淌了出来。

然而，"糊涂侦探"白芒经常"白忙一场"的原因，除了自身侦探技能的欠缺，更多时候还在于当时整个"糊涂"社会的公平与正义的丧失，这在《五个嫌疑党人》《公平而不公平之判决》两篇中体现得尤为明显，也具有一定社会批判与警示的意义。

此次整理出版的《糊涂侦探案》，收录了目前可见的"白芒探案"系列侦探小说十七篇，主要以《最小》《半月》《横行报》发表版为底本，并参考了良晨好友社1924年版《糊涂侦探案》，可以说是"糊涂侦探"白芒诞生近百年来，有关他的探案故事首次完整结集。

华斯比

2022年2月15日于上海